KIEKEN ZONDER KOP

RAF GOOSSENS

KIEKEN ZONDER KOP

2010

Uitgeverij Contact

Amsterdam/Antwerpen

©2010 Raf Goossens

Auteursfoto Tessa Posthuma de Boer

Omslagontwerp en vormgeving binnenwerk Suzan Beijer

Omslagillustratie Goos Bronkhorst

Drukker HooibergHaasbeek, Meppel

ISBN 978 90 254 3533 2

D/2010/0108/978

NUR 301

www.uitgeverijcontact.nl

Voor Zorro

OUDEJAARSDAG
1933

Emmanuel is een brave jongen. Geen kwaad woord over hem. Proper op zijn eigen, lief voor de beestjes. Hij werkt graag. Een baasje om fier op te zijn. Eentje uit de duizend. Eentje uit de boekjes.

Hij heeft het niet gemakkelijk gehad, Emmanuel bedoel ik. 'k Heb hem te veel uit de wurggreep van zijn pa moeten sleuren. Rode striemen op zijn keel.

'Hoe kunde gij zo wreed zijn?' tierde ik dan. Mijn handen wrongen zich vast in mijn voorschort. Ze vermurzelden het haakwerk aan de rand.

'Sara, ge moet stoppen met Manu te verdedigen. Een schop in zijn kloten verdient hij.' De hazenlip van Cocu, Emmanuels vader, trok altijd violet als hij zich opwond.

'En dan? Maakt dat u gelukkig. Gaat dat zijn probleem oplossen? Daarbij… hij heeft geen probleem.'

'Het gaat om het principe. Ge kunt hem toch niet altijd over zijn bolleken wrijven? D'r mag toch eens duidelijk gezegd worden wat…'

'Gezegd? Ge schreeuwt hem doof! Het scheelde geen haar of het jong moest met gesprongen trommelvliezen en een kapot strot naar 't hospitaal. Zijn haar is verdomme in de krul geschoten van 't verschieten.'

'Uw prins Manu kan keien doen vechten. Als hij nog een keer zijn muil opendoet terwijl de brouwer in onze buurt is, sla ik zijn tanden uit en knutsel er een pijpenrekje van. Voor op de schouw. Hij moet leren luisteren. Het is een verwend jong, een kakkenestje, een bedorven stront. Een beetje respect is toch niet te veel gevraagd.'

Emmanuel kan goed eten. Boterhammen met smout en bruine suiker. Vers, warm brood. Zijn ogen blinken als hij daar, na een godganse dag spitten, zijn tanden in zet.

Emmanuel heeft mij, zijn eigen moeder, met een spade de nek afgestoken. Zomaar. Zoals ge een kip de kop afkapt. Hebt ge al eens een kieken zonder kop zien lopen? Het bloed gutst eruit. Heel uw schoon plankier

*vol dikke gulpen rode stroperige pap. De kop blijft
liggen, kakelend met een rochelende keel. Ge loopt u
zot achter zo een beest. Het houdt zich niet in. Waarom zou het ook? Als ge niks ziet, is er geen reden om te
stoppen.*

Manu hield het spartelende soepkieken stevig vast en duwde het nekje tegen het kapblok. Het moest. Nieuwjaar zonder vlees was beschamend. De buren dachten nu al dat ze elke dag patatten aten met ajuinsaus. Soms droge boterhammen met zelfgemaakte rabarberconfituur. Zijn Maria was vel over been. Manu's vingers nestelden zich in de nek van de kip. De magere hartslag joeg tegen zijn handpalm. De nekwervel voelde broos aan. Vlees en knoken. Het beestje keek de dood recht in de ogen. Manu keek terug.

Maria hief de bijl en hakte, ogen gesloten, in op het gekakel. Een doffe smak van ijzer door pluimen en nekbeentjes op hout. De kip snokte en sputterde. Het lijfje spartelde zich onstuimig los uit Manu zijn bezwete handen. De kop bleef liggen. De oogjes glazig en gelaten.

Het kapwerk liet Manu aan Maria over; zelf kon hij het niet. Misschien hield hij te veel van die beesten. Hun fiere tred, die statige poten. Of was het de blinkende hoogmoed in hun ogen, die tot medelijden dwong? Hij voederde zijn kippen met maïs, oud brood en beschimmelde koeken die hij kreeg van bakker Verhulst enkele dorpen verder. Hij had nog iets te goed van Verhulst. Toen zich een nieuwe patissier in het dorp vestigde, had hij daar, op vraag van de bakker, achtereenvolgens een nest muizen, een hoop wespen en nog een pak ander ongedierte binnengestoken. Manu's laatste pesterij, viskoppen stinkend naar verdoemenis, verstopt onder de smeltketel, was de doodsteek geweest voor de patissier. De geur sijpelde door in elk gebak, met liefde en zuivel gemaakt. De patissier trok naar de stad en schoot zich jaren later door het hoofd. Iedereen bleef hem 'vissenkop' noemen.

Het gekakel en de lach van Maria doorwoelden de vrieslucht. Het geluid klom boven hun huisje in de vlooienroot en riep de buren naar hun achtertuin. De drie gezusters, Gust zonder benen, Wilfried en zijn moeder.

De kip draafde van achterdeur tot achterdeur. Over het plankier, tussen de witloofknollen, het afgesneden kruid van wortels. Het kieken trok een sprintje in de scherpe bocht bij het achterhuis. Manu schoof uit over een plets ijsmodder. De drie gezusters, dikke dampen uitademend, kletsten zich op de billen. Toen Manu even later glibberde over de richel van het rioolputje, gilde Georgette, de jongste van de drie: 'Ik heb in mijn broek gepist. Emmanuel, stopt ermee of ik moet hier gaan dweilen.'

Manu gaf niet op. Hij rende achter de kip aan. Maria galoppeerde achter hem. Maria met haar graatmagere beentjes en het kleine bollige buikje. Tadadam, tadadam. Ze was in haar derde maand. De kip deed rikketik rikketik, maar dan veel sneller. Ge hoorde de stapjes bijna niet, zo snel trippelden de poten over de harde vriesgrond en de scheefgeslagen dalstenen. Manu liep als een boer op gladde kleigrond. Met opengesperde armen. Uiteindelijk dreef hij de kip in een hoek, maar het vleugelbeest gaf zich nog steeds niet gewonnen. Met een buitenissig hopje sprong het over de omheining op de kerkwegel. Daar hief het de vleugels, en stuikte tegen de grond.

Rotbeesten, dacht Manu, een kieken kan zich toch gewoon in de stoofpot leggen. Dood gaan we allemaal. Ge moet daar niet moeilijk over doen.

Met een riek probeerde hij de kip dichter bij de omheining te trekken. Zowel de riek als zijn armen bleken te kort. Hij zette Maria voetje om haar over de draad te helpen, maar hij voelde dat ze niet durfde.

Zij zette hém voetje. Manu pootte zijn kleiklompen in haar eeltige handen, verplaatste zijn gewicht, steunde op haar schouders. Hij gaf haar een klinkende kus en duwde zich omhoog. Maria gilde en loste Manus voeten. Zijn lijf schoof langs haar buikje. Zijn kin kletterde tegen haar schedel. De tranen sprongen in zijn ogen.

Nu kwamen de zusters niet meer bij. 'Godverdomme, het is nog geen Nieuwjaar en we krijgen hier al een vaudeville. Allee, Wilfried doe iets. Ge ziet dat ze sukkelen.' Wilfried, zoals steeds in zijn schoon kostuum, draaide zich om en ging naar binnen.

'Allee, hoe durft hij nu? Zoude gij uw konings-zoontje niet wat manieren leren?' kakelden de drie gezusters tegen Wilfrieds moeder.

Manu at niet graag kleine beesten. Een droog stuk borst of peuzelbotjes waren niet zijn ding. Toen hij nog op het kasteel van brouwer Maes werkte, werd hij uitgenodigd om haas te eten. In zijn koetsiers-kostuum aan de schone tafel in de schone plaats. Vanboven blinken, vanonder stinken. Stoelen, stijl Louis-te veel, tafellaken recht van het bleekveld en kristallen glazen.

'Een glaasje rode wijn, Emmanuel? Dat past bij hazenvlees. Wist ge dat?' vroeg madam Maes. Natuurlijk wist hij dat, hij leek niet op het achterste van een varken. Rode wijn bij rood vlees, witte wijn bij bleek vlees en vis. Hij knikte tegen madam. Beleefd.

De haas werd verdeeld door madam.

'Elk een stuksken en Ons Heer mag meekijken.' Zijn bord werd doorgeschoven. Aardappelen, erwtjes en wortels, een stuk haas met een beetje saus. Na een kort gebed schaatsten de messen over de borden en de vorken prikten gaten in het vlees.

Manu keek verstild naar zijn bord. 'Madam, 't is schaamtelijk dat ik het moet zeggen, maar ik lust geen haas.' Hij had het beest een paar dagen in het washok zien hangen. De stank was niet te harden geweest toen hij daar met Maria scharrelde. Alle ogen draaiden zijn richting uit. Meneer, madam, de kinderen, een buur en zijn vrouw. Manu voelde de hardheid van het tafellaken. Als het aan de wasdraad hing, schoof het over uw vel gelijk een vlinderkusje. Op de tafel schuurde het je huid kapot.

'Het is goed Emmanuel. Mijn smaak moet niet uw goesting zijn. Geef het bord terug, jongen.' Madam meesmuilde.

Twintig seconden later stond het bord opnieuw voor zijn neus. Zonder haas, met aardappelen, erwten en worteltjes en een vlek saus.

'Madam, de haas heeft wel op mijn bord gelegen. Ik ga dat hier niet opeten.' Het schaamrood steeg samen met de rode wijn onder zijn oksels langs zijn oren naar boven.

'Ola, Emmanuel krijgt chique manieren. Niet te hoog van de toren blazen, hé. 't Is goed, ik laat een nieuw bord komen.'

Manu heeft nooit meer aan die tafel gezeten. Hij werd niet meer gevraagd en hij zou toch geweigerd hebben. Enkele weken later verliet Manu het kasteel en ging werken aan de dokken. Maria ging kinderkleedjes doorstikken in het naaiatelier in de stad. Een half jaar daarna verwoestte een grote brand een vleugel van het kasteel.

Ik ben het. Sara.

   Ik ga het kort houden.

   Ziet ge die rij huizen? Godvergeten tussen twee dorpen. Waarom ze daar geplaatst zijn, moet ge u niet afvragen. Ze staan daar te scheelogen met vocht aan de fundering, tocht door elke kier en kale Canadese populieren als versiersel.

   Gustje woont in het uiterste huisje links. Een klompenmaker, zonder benen. Zijn vrouw is met een Duits korporaaltje weggegaan na de Grote Oorlog.

   Wilfried en zijn moeder. Het smalste huisje. Wilfried, een bescheten misdienaar van bijna zestien jaar, denkt dat zijn moeder onbevlekt ontvangen heeft. Een vader heeft hij nog niet gezien. Zij zwijgt erover.

Daarnaast drie zusters, Georgette, Josephine en Charlotte, elk getrouwd met een facteur, Gentil, Désiré en Arsène, in één klein huis, allen te gaar. Met een deftig hoopje kinderen. Eén groot kiekenkot.

Op de hoek houdt Monique café. In haar huiskamer. Haar vent kreeg een obus in zijn kloten tijdens de oorlog en keerde niet weer. In café De Donkere Wolk drinkt de baas meer dan 't volk.

Onze Emmanuel en zijn vrouw Maria wonen tussen de zusters en het café. Maria is in haar derde maand. De slet vertelde het me gisteren, vlak voordat Emmanuel, mijn godje, met gloeiend gekijf en geleuter me de kop afstak.

Een samenraapsel van volk dat god noch gebod kent. Ze kennen wel de woorden noodlot, piespot, duivenkot en hutsepot. Zelfs levensgenot, liefdesgrot en geleipot.

Het is zoals het is.

Goesting is goesting.

Wilfried stapte stuurs naar de keuken. Hij bond zijn schort voor met een afgelijnde strik. Twee gelijke eindjes en de lussen gekruist voor zijn onderlijf. Uit de kelder haalde hij oud brood. De korsten spaarde hij uit de snavels van Manu zijn kippen. De beestjes waren er niet content mee geweest. De haan besprong Wilfried elke keer als hij het kippenhok passeerde. De kippen legden minder eieren. Als wij geen brood krijgen, peinsden ze, krijgen jullie geen eieren. Stront bleven ze wel met verbetenheid leggen aan de achterdeuren.

Hij mengde het gehakt samen met het brood en een schamel ei. Een beetje zout, peper, en niet te veel nootmuskaat. De noot schraapte langs de rasp. Nootmuskaat voedde de geslachtsdrift. Dat wilde hij hun daarbuiten niet gunnen.

Hij hoorde de gezusters kakelen. Precies een kiekenkot, dacht hij. Hoor ze kletsen. Altijd commentaar. Op elkaar, op mij. Omdat ik proper ben, niet vloek, en niet onder de rokken van de meisjes wil tasten. Ik ben misdienaar, verdomme. Later wil ik een eigen parochie. Ik word herder van een hoop zedeloze schapen. Ik zal ze temmen. Manu als eerste.

Maria grabbelde door de afsluiting naar het kieken. Onder haar nagels zat vuil stof. Haar vingers waren bebloed.

Een schone vrouw, dacht Manu. 'Nog een klein beetje, Maria. Ge hebt het bijna.'

Maria rekte haar hele fijne lijf door de varkensdraad. Zoals gehakt door een vleesmolen.

'Voorzichtig. Straks maalt ge uw eigen in kleine stukjes.'

Maria kreunde en graaide naar de pluimen. Ze schreeuwde toen ze beet had. Ze trok het beest dichterbij en haalde het langs de omheining naar boven.

'Alstublieft. Gij moogt het pluimen.' Maria gaf het kippenlijkje aan Manu. Manu kletste met zijn vrije volle hand tegen haar bil. Het gekakel van de zusters laaide weer op.

'Wat staat ge daar te giebelen?' Hij grolde gelijk een jonge hond. 'In jullie kot.' Giechelend schuifelden de zusters naar hun achterdeur. De jongste keek naar Maria en gromde eventjes terug. 'Maak van ons feest iets goddelijks,' riep Manu haar na. 'Peinst dat ge op het kasteel zit. In de schoonste kamer.' Stilletjes fluisterde hij tegen Maria: 'Gelijk meneer en madam "het vetste-van-de-soep-brouwer-Maes-van-het-kasteel". Voor één nacht moet dat toch kunnen. Vanavond wafels en morgen vol-au-vent.'

De zusters lachten naar elkaar. Als er een feest was in hun huizenrij dan deden ze mee. Punt. Ze kregen een vingertje van het leven, maar eigenlijk wilden ze het hele lijf. Pakt wat ge niet laten kunt.

Toen Manu drie dagen geleden thuiskwam, na twee ploegen gewerkt te hebben aan de dokken, lokte hij Maria mee naar de slaapkamer. In de haven had hij een schone oosterse sprei in zijn kopzak gemoffeld. Bij het lossen van een Japans schip schoot een kist open. Toevallig. Die dingen gebeuren. Een malheur zit in een klein hoekje en ge steekt dat een handje toe. Zware geweven stoffen en handgeschilderde prentjes van blote Chinese schonen vielen op de kasseien. De dokwerkers grabbelden gelijk zot naar de plaatjes. Een kunsthandelaar die van de Japans-Chinese oorlog profiteerde, zou zijn profijt moeten delen met grove handen. Manu griste één van de stoffen mee.

De ploegbaas joeg hen uiteen, gelijk een kraai een

troep duiven troebleert, nam zijn deel, en gaf enkele mannen opdracht het boeltje op te ruimen.

Na zijn dienst bolde Manu met de fiets, samen met de Roste, zijn beste kameraad, en ander werkvolk, naar het station van Sint-Anneke. Aan de poort werden ze tegengehouden. Grote controle. De gendarmes keerden alle kopzakken binnenstebuiten, achterstevoren, konteverkeerd en averechts. Iedereen werd betast. Was er iets van de boot gevallen dat waardevol genoeg was? Manu keek rond. De agenten hadden hun werk goed voorbereid. Alle uitwegen waren afgesloten. Toen de gendarmes nog maar een paar fietsen van hem verwijderd waren, mompelde hij te luid: 'Ja lap, ze hebben u bij uw kloten, Roste.'

De Roste keek Manu recht in de ogen. Eerst wrokkig, daarna met een grijns.

De gendarme die Manu had gehoord, riep luid: 'Rijd allemaal maar voort.' Tegen de Roste glunderde hij: 'U moesten we hebben, maatje mijne maat.'

De volgende dag hoorde Manu dat de Roste tot een uur of tien in het cachot had gezeten. Hij had geweigerd zijn kopzak te openen, of zich te laten betasten, ook al had hij niks te verbergen. Met vijf gendarmes hadden ze hem uiteindelijk overmeesterd.

Manu beloofde om later een paar oliejekkers naar buiten te smokkelen voor de Roste.

Maria had de fijne stof bewonderd.

'Wat zoudt ge peinzen om nieuwjaar te vieren met iedereen uit deze rij huizen?' Manu wachtte op een reactie. Maria keek naar hem en trok hem tegen haar gilet. Toen volgde in bed een hele reutemeteut van natte zoenen, wrijven van vel tegen vel en woelen in elkaars lijf. Manu rolde zwetend van haar af.

'Nieuwjaar. Met vlaggetjes? Warme chocomelk? Maurice met zijn trekzak, danséz, allee roulez.'

Manu rolde een sigaret en liet de krinkelende rook uit zijn mond zwieren samen met zijn gedachten. Hij had ideeën zat. Het braakliggende stukje gemeentegrond omtoveren in een weide vol patatten. Een boksmatch in het café. De tramlijn barricaderen zodat Maria kon uitslapen op zondag.

'Ik vraag het eerst aan Gustje. Hij kan met zijn schone ogen Monique van 't café overhalen. Gij vraagt het aan de zusters. Wilfried en zijn moeder kunnen we niet buitensluiten. Ge pakt de bluts met de buil. In het café zetten we de tafels aaneen en eten samen konijn of zo.'

'Moeten we uw moeder niet vragen? Zij zit anders alleen thuis.'

Manu antwoordde niet. Het klikte al een tijdje niet met zijn moeder. Het was nooit goed genoeg. Steeds afgeven op Maria, steeds een koevoet tussen hen twee willen drijven. Het moest gedaan zijn. Hij zou het haar eens zeggen, als het paste.

'Laten we wafels bakken,' stelde Maria voor. De stilte duurde haar te lang.

'Wafels is voor de kleine mannen.'

'Laat ons dan op oudejaar wafels bakken en vol-au-vent op Nieuwjaar.'

'Ola, ge wilt straks een hele week feest. Geld te veel misschien? Of hebt ge een suikernonkel in Amerika, waar ik niks van weet?'

'Ik wil leven, Manu. We wonen hier nu een jaar. Gij werkt u zot in de dokken. In het naaiatelier zie ik de godganse dag geen streep zon. Dat noem ik geen leven.'

'Moeten we het geld uit de bomen plukken?'

'Gustje zal blij zijn als er aan zijn canadabomen geld hangt. Ge zult hem geen klomp meer zien maken.' Maria keek door het beijzelde venster naar buiten. Een streep waterzon trok een groef over het beddenlaken. Maria zag het stof dwarrelen. Het maakte pirouettes in de zonnestraal.

Vorig Nieuwjaar zeemde Manu nog de vensters van de blauwe Rosengart LR2 van brouwer Maes. De automobiel moest blinken als de grote baas zijn nieuwjaarswensen deed aan zijn schatplichtige cafés. Alle drieëndertig etablissementen op één dag tijd. Manu frotteerde met het zeemvel over de bolle lampenkappen en de spaken.

'Proper is niet schoon genoeg,' zei madam Maes steeds.

De pezenwever, dacht Manu. Hij wist van Maria dat het ondergoed van madam niet meer proper te krijgen was.

'Ge krijgt geen tweede kans voor een eerste indruk,' voegde madam eraan toe.

Om acht uur 's ochtends stipt startte Manu gelikt en gestreken in zijn chauffeurskostuum de wagen. Aan het eerste café was er een gedrang van klompenmakers, dokwerkers en mecaniciens. Die hadden hun eerste pint al binnen en stonden te wachten op de brouwer, die naar gewoonte een tournée générale gaf. Aangenamer dan een hoogdag, want van de pastoor kregen ze geen drank.

'Op de goede coöperatie en een vlotte passage.' Brouwer Maes gaf gul handjes, klopte op schouders maar wenkte Manu als het voetvolk te opdringerig werd. De brouwer kwakte zijn brouwsel gemakkelijk naar binnen.

'Geef mijn chauffeur er ook eentje,' riep hij naar de cafébaas. Dat was een teken dat brouwer en cafépatroon na het tappen van het bier in het achterkamertje verdwenen om onaffe rekeningen te vereffenen.

'Voor mij een limonaatje, baas.'

'Wat gaan we hier krijgen? Ze gaan peinzen dat ik

pis in mijn bier. Drinken. Compris?'

Manu knikte en posteerde zich voor de deur en lepte aan zijn pint. Madam had hem duidelijk gemaakt dat er geen druppel alcohol in zijn lijf mocht komen. Die Rosengartautomobiel was met geld van haar familie betaald. Ze hadden er veel voor moeten opleggen om die vanuit Frankrijk hier binnen te krijgen. En ze wilde er nog mee naar Antwerpen deze week. 'Let een beetje op dat ge geen malheuren hebt.'

In het volgende café van hetzelfde laken een pint. Opnieuw stoof het volk zijn huis uit als de blauwe Rosengart kwam aansjezen. Opnieuw werd er getrakteerd en was de brouwer een geweldige vent.

Zo droogden ze alle cafés van de brouwer af. Verschillende keren kwamen ze hetzelfde volk tegen. Dezelfde koppen die steeds roder leken, aders die meer bovenop het vel lagen, alsof het bier meer en meer in hun bloedvaten klopte. De ogen keken waziger. Manu kabbelde over het weer. Over zotten die werken. Over het smokkelen van maizena aan de grens met Nederland.

Als de prijs van het bier werd besproken, moest brouwer Maes maken dat hij zich uit de voeten maakte. Hupsakee in de bolide. Manu hield met zijn postuur en zijn reputatie het woelige volk tegen. Ze moesten het maar eens proberen.

Die avond hielden ze, schots en scheef aan de achterdeur van het kasteel, elkaar staande. De brouwer zag er nog steeds proper uit. Enkel zijn ogen blonken en zijn stap was wankel. Manu zijn kostuum hing gescheurd en scheef van mannen die te familiair werden tegen zijn baas.

'Als ge aan mijn baas komt, komt ge aan mij,' had hij nog geroepen in het laatste café, terwijl hij iemand over een tafel wierp. Manu had onmiddellijk spijt van zijn uitroep maar de brouwer kuste Manu voluit op de kaak. 'Gij zijt mijne makker.' Manu worstelde zich uit diens armen los. Hij had de brouwer te veel over de billen van de cafédochters zien wrijven. Waarschijnlijk probeerde hij het bij Maria ook. De parvenu, de schavuit van mijn oren.

'Voilà, we zijn thuis,' zei Manu.

'Ge ziet er niet uit, Manu. Maar op mij kunt ge rekenen. Ik zal niks zeggen tegen madam. Ga morgen naar de kleermaker om uw kostuum te herstellen.' De bierbrouwer wankelde naar het kasteel.

'Alleen die geven kan, is vrolijk,' scandeerde het brouwertje.

'Alleen die geven kan, heeft overschot,' mompelde Manu en piste tegen de banden van de Rosengart.

Maar dat was vorig jaar.

Drie dagen voor Nieuwjaar deed Manu aan Gustje zijn voorstel om samen het eindejaar te vieren. Die zag het zitten. Weifelend. Sinds de oorlog vierde hij Nieuwjaar door tien klompen meer te maken die dag. Hij was uit de Grote Oorlog gekomen zonder benen. De tramchauffeur zette hem af aan zijn dorpel. Gustje bonsde op de deur. Niemand deed open. Mathilde had hem laten zitten. Ze had aangepapt met een Duits korporaaltje en was die achterna gelopen. Zonder boe of ba. Een brief had er niet afgekund. In zijn schuur begon Gust opnieuw klompen te hakken zoals voor de oorlog. Het hakken gebeurde korter, scherper. Met splinters van canadahout onder zijn nagels en in open bloedblaren.

'Wat gaan jullie doen met Nieuwjaar?' Maria vroeg het langs haar neus weg toen ze samen met de zusters lakens te bleken legde op het gras. De zon scheen onverwachts deftig na enkele weken gemeen koud weer. Dikke strepen zonneschijnsel tussen twee muisgrijze wolken. Iedereen kwam vanachter zijn kachel vandaan. De wilde kinderen van de facteurs, de katten van Wilfrieds moeder. Hun hete stoof moest maar wachten.

'Nieuwjaar? We weten het nog niet,' zei Georgette. 'Vorige jaren vierden we Nieuwjaar bij ons vader en ons jonger broertje. Maar zij zijn vertrokken naar Canada. Onze mannen willen nu elk naar hun ouders.' Georgette sloeg de natte lakens los.

'Oei. Dan viert ge het niet meer samen.'

'Onze venten willen met Nieuwjaar naar hun moeder. Manu zijn moeder noemt ons de Heilige Drievuldigheid. Ge haalt ons niet uit elkaar. Op de markt van Antwerpen stond een Siamese tweeling. Ik heb het van horen zeggen. Dat trekt ge ook niet uiteen.'

'Manu wil Nieuwjaar vieren met iedereen van onze root. Iets eten, iets drinken, een dansje placeren. Niet te zot, gewoon gezelligheid.'

'Alle buren?' riep Georgette. 'Samen? Dat is zo dwaas nog niet.'

Georgette draaide zich naar haar zusters. 'Stel u voor. We moeten niet naar de moeders van onze Gentil, Désiré en Arsène. De melkmuilen. Als ze naar hun moeders willen kruipen, hadden ze aan de borst moeten blijven hangen. Ze hebben voor ons gekozen toen ze de kriebels in hun broek hadden. Ze hebben ons een hoopje kinderen getrapt. Nu kunnen ze hier blijven ook. Voilà.' Ze keerde zich terug naar Maria. 'Het is goed, Maria. We vieren samen Nieuwjaar. We komen.'

De oudste zuster besloot: 'Nee, we blijven.' Haar ogen lachten stil.

Mocht ik in een glazen bol kunnen kijken, zoals madame Dufaut op de markt, mijn kop was niet afgekapt en ik zou te veel weten over de drie zusters.

De drie zusters zijn getrouwd met een facteur. Niet met dezelfde natuurlijk.

Georgette, de jongste, had het in het begin moeilijk gehad. Haar facteur zoop gelijk een koe water, maar hij kwam naar huis met meer geld dan waarmee hij vertrok. Daarom zag ze veel door de vingers. Haar facteur kaartte met passie, en voor grof geld. Als hij won, liet hij zich rijkelijk trakteren. Later zou hij de jicht in zijn handen krijgen. Zijn vingers waren zo verkrampt dat het leek alsof hij altijd een onzichtbaar glas bier vasthield.

De facteur van de tweede zuster, Josephine, kwam regelmatig straalbezopen uit een gracht gekropen met zijn tanden door zijn onderlip. Zuipen en fietsen gingen niet goed samen. Nadat ze was bevallen van haar jongste kind kon zij het niet meer aanzien en vertrok met de tram. Haar vijf kinderen zou ze achterlaten. Ze werd kuisvrouw bij de notaris en kreeg naast zijn bed ook zijn erfenis.

Charlotte, de oudste en zeker niet de schoonste, had een braaf brievenbestellertje. Hij gaf haar zowel zijn loon als zijn drinkgeld. Ze kregen één kind. Een simpele jongen die het geld uit hun vel zou slaan toen hij geen radio kreeg, en de tanden uit hun mond toen hij een brommer wilde. Later zou hij haar moedwillig van de trap duwen. Charlotte hebben ze afgevoerd naar het gesticht. Haar zoon volgde enkele jaren daarna. Zelfs daar sloeg hij zijn moeder nog blauw. De facteur zou hen wekelijks blijven bezoeken tot hij inzag dat hij meer plezier beleefde aan zijn duiven.

Twee dagen voor Nieuwjaar was het druk in het café van Monique. Veel gegniffel, veel gesmos. Overvloedig hijsen en slempen. Sigarenrook en pruimtabak.

'Monique, hebt ge een muziekje nodig?' Maurice stak zijn verkleumde hoofd door de voordeur en schuifelde naar binnen. Hij was beroepsmatig scharenslijper, professioneel appelplukker, vakkundig aardappelraper en deskundig in het geven van advies tegen een zacht prijsje. Maurice was tevens beroepsmuzikant, afhankelijk van het seizoen of de festiviteiten die op het programma stonden. Maurice was veelzijdig. Hij speelde op een tingeltangel mondharmonica. Een muilenschuiver zoals ze zeggen. Zijn stevig schoeisel, een stuk losliggende plank, en een djingelbelletje of twee, gebonden aan zijn kuiten, gaven de cadans. Een trekzak, blinkend bezet met de binnenkant van oesters, gaf zijn muziek diepe tonen. Alle verzoeknummers kende hij uit zijn hoofd. Ge moest wel zelf zingen. Hij had een zaag van een stem, klinkend als een rasp.

Maurice warmde zachtjes zijn instrumenten op. Het gebabbel verstomde. Het bal begon. Enkelingen bonden hun veters vaster. De klak stevig op het hoofd. Rokken werden recht getrokken. Het kapje behoorlijk gezet. De accordeonmuziek van Maurice liet voeten schuifelen. Een schone avond om de rest van de kleffe week te vergeten en niet te moeten peinzen aan de dagen die zouden komen.

Gust kroop die avond, op zijn twee handen, naar het café. Zijn omzwachtelde knoestjes van benen schraapten tegen de dalstenen toen hij langs de straatkant de deur bij Monique open stampte. Gust riep bij het binnenkomen met luide stem door de gelagzaal: 'Goed volk.' Alle gezichten draaiden zich in de richting van de deur. Niemand te zien. Het geroezemoes begon van voren af aan. Gust vloekte.

De tronie van Gentil, de facteur van Georgette, een rood aangezicht en waterige oogjes, dook op voor Gust. 'Ha Gust, komt ge dansen?' De facteur gniffelde maar stopte onmiddellijk toen hij het stuurse aanblik van Gust zag. 'Kan ik u helpen?'

'Plaats maken en zorgen dat ze niet op mijn vingers trappen, Gentil,' steunde Gust.

'Maurice, speel eens een traag nummer!' loeide de facteur. Enkele zuchten van de trekzak later verzwakte het gemurmel. Elkeen pakte zijn lief bij de lendenen en zocht een tegel uit om loom op te dansen. De facteur schoof achteruit en duwde tegen de dansparen. Hij leek Mozes die pootje aan het baden was. Gust volgde zoals het uitverkoren volk.

'Allee, changez,' riep eensklaps een koddigaard. Eventjes was er levendigheid. Maar het meeste volk bleef bij zijn tegel en aan zijn lief hangen. 'Moet gij een toek op uw smoel krijgen?' riep Gust terwijl hij met zijn vuist tegen enkele schenen sloeg. 'En sta niet op mijn vingers.' Gust hees zich op aan een vrije stoel. De facteur trok zich terug aan de toog. Gust keek rond. Hij schouwde de boeren uit de omtrek en arbeiders op weg naar huis die bier naar binnen sloegen als een koe water, of jenever zopen zoals de pastoor het laatste uit zijn kelk binnen kapte tijdens het stilste moment van de mis.

Hij voelde dat iemand zijn kraag proper trok en denkbeeldig stof van zijn schouders veegde.

'Helaba, ik ben geen klein kind hé.' Hij draaide zich om en zag Monique. Ze nam zijn handen in de hare. 'Geen kou?'

'We hebben het koudste wel gehad. Soit. We zien wel.'

'Een koffietje?' Gustje voelde zich steeds onwennig als Monique vriendelijk tegen hem was. Het was geen medelijden. Het was genegenheid vanaf de eerste dag dat hij terugkwam uit de oorlog. Hij jankte toen aan zijn gesloten voordeur. De dagen nadien zat hij in het café en zoop de ene jenever na de andere. Tot hij overliep en het uit zijn keelgat stroomde. Toen begon hij opnieuw klompen te hakken. Drinken deed hij niet meer.

Monique stelde geen vragen en schonk hem koffie. Een koppel rode neuzen kwam op hem af. 'Hé Gustje. Mijn vrouw wil zo gele klompjes, met een hakje. Kunde gij dat?'

'Spring overmorgen eens binnen, dan kan ik de maat nemen,' antwoordde Gust kort. Hij maakte alles. Degelijk en goedkoop. Voor vriendelijkheid moest je niet bijbetalen. Je kreeg het toch niet.

Monique plaatste de hete koffie op de tafel. 'Is er nieuws?'

'Gewoon een vraag, Monique. Gewoon een vraag.'

'Ola, meneer gaat quizzen gelijk op de radio. Kan ik een prijs winnen?'

'Monique, niet zwansen. En niet iedereen moet dat weten.'

'Ola, 'k voel het altaar al komen. Moet ik mij een wit kleedje passen?' De oogjes van Monique blonken. Gust plagen was eigenlijk om liefde vragen.

Gust voelde zich nu helemaal niet meer op zijn gemak. Hij vermoedde de kronkels van Monique. Volgende keer moest Manu zijn moeilijke zaken maar zelf oplossen. 'Monique, gaat ge uw café op Nieuwjaar openhouden?'

'Nieuwjaar? Waar begint gij over. Nieuwjaar...' Monique had duidelijk een andere vraag verwacht. 'Gust, ik denk het niet. Iedereen zit bij zijn familie. Ik ga mij uitslapen. Hoe moet ge anders aan een nieuw jaar beginnen?'

'Wat zoudt ge ervan peinzen om op Nieuwjaar hier met de rootbewoners een feest te versieren? Manu en zijn Maria, de drie gezusters, hun venten en hun kinderen, Wilfried en zijn ma. En gij natuurlijk. We sluiten het café, maar hangen de zot uit en eten eens goed.'

Monique keek diep in de ooghoeken van Gust. Gaat hij gezellig beginnen doen, dacht ze. Na de oorlog heeft hij geen deftig woord tegen mij gesproken. Een bedanking kon er met moeite af. Ze kreeg wel regelmatig nieuwe klompen in ruil voor de koppen koffie. Maar een lang gesprek hadden ze nooit gevoerd.

Het was een grote oorlog geweest. Vier jaar dat de Duitsers baas speelden. Vier jaar dat Monique, van pure armoede – want haar man zat aan het front – café moest houden voor soldaatjes die marcheerden van Antwerpen naar Sint-Niklaas, en terug. Zij zag hoe Gust zijn vrouw in 1917 beetje bij beetje werd binnengedaan door een Duitse korporaal. Een vrolijke gast die zotte kuren uithaalde met de kaarten. Trucs die niemand begreep. Ge zag een klaveren aas die opeens een koeken drie bleek te zijn. Het was in haar gelagzaal dat de romance startte. Monique keek ernaar en goot hun glazen vol.

Toen later het bericht kwam dat haar eigen man aan flarden was geschoten, beloofde ze zichzelf om voor Gust te zorgen. Hem kon ze gemakkelijk bij haar houden. Hij had toch geen poot om op te staan.

Na het slachten van de kip nam Maria de pot met heet water van het vuur. Ze plaatste hem buiten aan de achterdeur. 'Voilà, schone meneer. En proper werken.' Manu glimlachte naar Maria. Zijn moeder snoefde vroeger steeds op hem. 'Een brave jongen en proper op zijn eigen.' Waar hij die commentaar aan had verdiend, wist hij niet. Hij veegde nog steeds zijn snottebellen aan zijn mouw en waste zich één keer in de week. Zeker met deze vrieskou was dat moeilijk vol te houden. Zijn hoofd 's morgens onder de pomp houden. Meer moest dat niet zijn.

Hij pakte de dode kip bij de poten en liet haar zachtjes in het hete water zakken. De geur trok tot diep in zijn neus. Hij zette zich op een krukje en legde een jutezak over zijn schoot. Met handenvol tegelijk plukte hij de pluimen. Grofweg gelijk wortels trekken uit de grond of patatten verzamelen, links en rechts. Na een poos sopte hij de kip opnieuw in het hete water. Het werk werd secuurder. Pluim na pluim. Pluisje na dons. Trekken aan die stoppeltjes waarvan ge niet weet of ze vasthangen aan een zenuw die trekt tot in de blote nek van de kip. Hij wou geen slagpennen in zijn vol-au-vent. Manu stopte het beestje opnieuw in het warme water. Eerst de nek zonder kop, het vet lijf en de magere poten.

'Doe dat rustig, mijn jongen. Smost niet met dat beest.' Manu hoorde de stem van zijn moeder in zijn hoofd. Een smiespelend geneuzel tussen zijn oren. Hij kreeg er kiekenvel van. Kriebelingen op zijn rug. 'Godverdomme moederken,' fluisterde hij tegen het kieken. Manu zag de kop van het kieken op het houten blok liggen een beetje verderop in de achtertuin. Hij zag ook het spoor van bloed dat het kieken had getrokken in de lochting en aan de achterdeuren.

'God zegene u, en God beware u.' Zijn moeder was zo zot als een achterdeur, was de conclusie van Manu. Ze was te ver gegaan.

Vanavond gingen ze het rustig aan doen. Wafels met een paar pinten bier. De wafels met bloemsuiker waren voor de kinderen.

Manu en Maria hadden deze zomer een wafel gedeeld aan het station van Antwerpen. Hun beide neuzen hingen vol met suiker toen ze kussend tussen het reizende volk aan elkaars lijf plakten. Ze waren een jeugdig koppel, beiden begin twintig, dat de eerste keer naar het centrum van Antwerpen kwam. De dierentuin bezichtigen en een kleed voor Maria kiezen voor het trouwfeest. De keuze tussen zijn moeder en Maria had hij hiermee duidelijk gemaakt.

Godverdomme. Zijn moeder moest stoppen met in zijn kop te zitten. Stel het u voor. Een dode die nog na ligt te wauwelen. Hij moest daar niet op peinzen. Pluimen trekken. Eén voor één. Het zou beter zijn om zijn gedachten niet te laten gaan.

Georgette liep langs met een grote kuip beslag voor de wafels. 'Moet ge een pincetje hebben, Manu? Volgens mij gaan we die vol-au-vent eten met Pasen.'

Dinsdag zestien september 1913. Ik speelde patience aan onze achterdeur. De keukentafel stond buiten, gericht op de velden. In de verte hoorde ik twee kerktorens. Nieuwkerken en Vrasene. Tegen elkaar op. Om ter meest zieltjes winnen. 'Komt eens naar de mijne kijken. Hij is groter, stoerder en dooing.' 'Langs mij geraakt ge rapper op 't eerste schavot naar Jezus. Kling, klong.' Mijn rok was een beetje omhooggeschoven, zodat een bries mijn benen aaide. Ik was alleen thuis. Cocu kuiste de paardenstallen bij Peeters. Een bijverdienste die hij daarna onmiddellijk opdronk.

Op de tafel lag een toile cirée met een rood rozenmotief. Ik legde zeven kaarten naast elkaar. De eerste kaart met de achterkant op de tafel. De andere met hun kop tegen het tafelblad. Verdoken tot het einde van het spel. Het konden koningen zijn, azen of schone hartenvrouwen. De reclame van brouwerij Maes naar boven.

Het overschot van de speelkaarten lag apart en daar haalde ik de drie bovenste vanaf.

Een schoppenboer. Die kon ik leggen op een koekendame. Rood op zwart, zwart op rood. Gelijk de vlag van de anarchisten toen ze protesteerden tegen koning Albert. Ze wisten nog niet dat hij binnenkort van de rots van Marche-les-Dames ging stuiken. Of hebben zij hem geholpen? Ze hebben keizerin Sissi toch ook met een vijltje doodgepeuterd?

Zwart op rood. Schoppen zeven legde ik op harten acht, klaveren negen op harten tien.

Toen kwam God. Ik had niet gemerkt dat de bries langs mijn benen begon te stormen. De kaarten werden van de tafel geblazen. De zon scheen recht op de toile cirée. Het schetterde in mijn ogen. De rozen op het tafellaken kropen los en fladderden rond mijn hoofd. Het geklingel van de klokken klonk luider en luider.

Naast mij verscheen een engel in zijn levend lijf. Niet te lang, eerder gelijk een wilg, kort afgeknot. Schoon van voorkomen. Goudblonde krullen, een frisse moustache en jeugdpuistjes. Met zijn hitsig gezicht leek hij tot de gewichtigste troep der engelen te behoren. In zijn handen droeg hij een gouden speer en de stalen punt leek brandend vuur.

'Wie we daar hebben,' zuchtte ik.

Hij antwoordde met een stoot van zijn speer diep in mijn hart. Niet één keer maar verscheidene malen. Toen hij de lans weer terugtrok, voelde ik dat hij mijn binnenste meetrok naar buiten. De godverdomse. Kermen en kreunen. Het was om zot te worden. Ik zat daar totaal verteerd door de liefde. 'Niet stoppen. Doorstoten,' gilde ik. Ik pakte de piek vast en trok ze terug in mij. 'Meer,' brulde ik, 'gij zijt van mij nog niet af.' Ik pakte de engel bij zijn manen en trok zijn gezicht tegen het mijne. 'Dieper, klootzaksken,' fluisterde ik. 'Gij gaat mij hier niet teleurstellen.' Cocu zou mij dit gevoel nooit kunnen geven. De zoetheid van die intense pijn mocht niet stoppen. Nooit. Voor eens en voor altijd. Amen.

Toen de wind ging liggen, zat ik zo vol als een ei. Een grote hoop zaad. Vol, vol, vol. Als een pot met pieren en Emmanuel in mijn buik.

'Neem 250 gram bloem, 250 gram boter, vier eieren, een pint verse room, twee eetlepels suiker, 15 gram gist.'

Dat was nog efkens zoeken geweest. Die gist. Georgette had bij de bakker in het dorp wreed van haar tetter moeten maken. Ze dreigde dat die een paar weken zonder post zou zitten. De bakker loste niet graag zijn grondstoffen tijdens de feestdagen.

'Roer de boter totdat ze er zalfachtig uitziet; voeg er de dooiers der eieren bij, de suiker, de bloem, de in lauw water gebroken gist. Daarna doet ge er de room bij en het tot sneeuw geklopte wit der eieren.'

Dat had Georgette juist gedaan. Nu ging ze met haar grote kom naar Monique want het deeg moest rijzen. In de warme gelagzaal, met een propere handdoek over de kom.

'Bak het aldus verkregen deeg in het vooraf ver-warmd en ingesmeerd wafelijzer.'

Het stond allemaal in *De Moderne Huishouding* met als ondertitel *De vrouw bouwt het huis, of breekt het tot gruis.*

Twee dagen eerder had Monique diep in Gust zijn ogen gekeken. 'Het is goed. We gaan hier Nieuwjaar vieren. Met de gebuurte. Waarom niet? Veel volk zal er uit het dorp toch niet komen. De tram rijdt niet op nieuwjaarsdag.' En misschien kijkt hij dan met andere ogen naar mij, dacht ze. Misschien pakt hij mij met zijn gebeeldhouwde bovenarmen eens goed vast, kust mij op het voorhoofd en zegt: 'Het is goed Monique. Mijn vrouw heeft mij verlaten voor een korporaaltje van kust mijn kloten. Maar gij hebt daar niks mee te maken. Gij zijt gebleven.' Ze dacht te veel. Dat was zeker.

Het was de koudste winter sinds jaren. De Elfsteden-tocht reden ze reeds half december. Het ijs stond in de grachten krom van de kou. De takken van de wilgen hingen zwaar door van de ijspegels. Snottebellen bevroren aan een kindermuiltje terwijl ge erbij stond. Wilfried trappelde op oudejaarsdag met zijn voeten terwijl hij gehaktballen draaide tussen zijn twee handpalmen, die blonken van vet en eiwit. Dat vlees kwam precies uit een ijskelder. De wind floot onder de deur van het achterhuis door. Het stro in zijn klompen hield de kou niet tegen. Hij keek uit naar een warme zomer. Zoals het afgelopen jaar waarin hij Monique zag in een bassin midden haar woonkamer. De achterdeur stond open. 'Geef deze kookpot terug aan Monique,' zei zijn moeder. 'Bedank haar voor de overschotjes.' Hij stond met de pot in zijn handen en keek hoe Monique met een washandje wreef over haar heupen. Het sop droop zoals waterdruppels over een eend. Zij wrong haar washandje uit en streek over haar borsten. 'Hebt ge iets nodig, Wilfried?' vroeg ze.

'Ik moest merci zeggen van mijn moeder.'

Hij peinsde aan Monique haar borsten toen hij het varkensvlees tussen zijn vingers voelde kruipen.

'Wilfried?'

'Ja moeder.'

'Duurt dat nog lang? Het water voor die gehaktballen kookt.'

Zouden de borsten van zijn moeder ook zo voelen, dacht hij. Wilfried schopte met zijn knie tegen de houten tafelpoot om zijn fatsoen te behouden. Hij knielde en kruiste zijn vettige handen voor zich uit.

'Mijn Vader die in de Hemelen zijt,
geheiligd zij Uw Naam.
Uw Rijk kome, en dat moet niet te lang duren.

Uw Wil, en ik heet Wilfried, geschiede op aarde als in de Hemel.

Geef ons heden ons dagelijks gehaktballetjes.'

Met een bonk sloeg Wilfried zijn hoofd tegen het aanrecht.

'Is er iets Wilfried? Gij kunt zo onhandig zijn,' riep zijn moeder.

Wilfried prevelde verder: 'En vergeef ons onze schulden,

gelijk ook wij vergeven aan onze schuldenaren.'

Wilfried richtte zijn blik naar buiten.

'Hé Manu, het is over u dat ik het hier heb.

En leid ons niet in bekoring, rotte Monique.

Maar verlos ons van het kwade.

Sed libera nos a malo.

Amen. Amen. Amen. Godverdomme amen.'

Georgette duwde met haar achterwerk de deur van de gelagzaal open. In haar handen de kom met beslag. 'Goed volk!'

Niemand reageerde. De kilte schoot haar tegemoet. De stoof stond uitgeblust.

'Schoon volk,' probeerde ze opnieuw, lacherig. 'Monique, ik ben het.'

Muisstil. Geen kat in de kamer. Geen volk op de vloer. Geen geluid van Monique die haar glazen schikte.

Ligt die luie slons nog in haar nest boven te snurken, vroeg Georgette zich af. Er moeten tafels gezet, de vloer ingezeept en glazen gespoeld. Het is straks feest, godverdomme.

Georgette luisterde onder aan de trap. Niks. Stilletjes schoof ze naar boven, trede na trede. Aan de bovenste tree hoorde ze een gesmoorde snik. Georgette was niet bang om een stier bij de horens te pakken. Ze had het trouwens gedaan toen ze vijftien jaar was. Ze greep destijds het rund, draaide aan zijn nek en vloerde hem gelijk een Turkse worstelaar volgens de Grieks-Romeinse methode. Het maakte indruk op de jongens van het dorp, maar haar kansen op een lief verkleinden. Ze bleek te boud om mee in bed te duikelen.

Georgette nam de laatste tree heel voorzichtig, gelijk een muis op een graanzolder. Er viel bewolkt licht door het zolderraampje. De mansarde was kaal, enkel één groot bed met ijzeren spijlen en een matras die doorhing tot tegen de pispot. De houten planchetlatten kraakten toen ze het bed naderde. Het hoopje dekens bewoog. 'Monique, wat is dat? Ligt gij hier te janken gelijk een klein kind?' Georgette fluisterde, voorzichtig. De kom met deeg woog gelijk lood.

De bedsprei bewoog kortaf. 'Mens, zwijgt.'

'Monique, ik sta hier met het beslag voor die wafels. Beneden is het ijskoud. Subiet verdwijnt het deeg gelijk een pietje in een koude wind. Mijn zusters komen. We hebben onze schoonste tafellakens bovengehaald. Het gaat hier glitteren. De gasten in het kasteel van brouwer Maes zullen jaloers zijn.'

'Doe het zelf,' klonk het vanonder de dekens.

'Wat zegt ge?'

'Hebt ge prot in uw oren? Doe het zelf. Kalf. Peinst ge dat heel de wereld alleen maar draait rond deze root huizen? Georgette, we zijn de navel van deze aardkloot niet. En de ellende houden we niet buiten met wafels.'

'Monique, de miserie schuift er hier langs kieren en spleten vlotjes binnen. Maar door in uw bed te liggen gaat ge het hier niet gezelliger maken. Of misschien… als ge uw ogen sluit en droomt dat er een peloton Wiener Sängerknaben onder uw dekens ligt?'

'Ik doe niet meer mee. Ge kunt op uw kop staan met uw Weense worstapen.'

'Monique, mijn zusters staan beneden te roepen om de tafels klaar te zetten. Hoort ge ze? Hang nu niet het kind uit. Ik heb er thuis genoeg die om aandacht schreeuwen.'

'Ik vraag geen aandacht. Integendeel. Blijf uit mijn buurt.'

'Monique, ge peinst alleen op uw eigen. Maar als het zo zit, dan zit het zo. Blijf in uw nest liggen. Wij gaan ons amuseren. Samen. Zonder u.'

De laatste woorden kwamen er als zweepslagen uit. Georgette stormde naar beneden. Het deeg sloeg met klodders op de trap. In de gelagzaal zaten haar zusters te wachten.

'Een haar in de boter?' vroeg de oudste.

'Och, Monique. Ze wil niet meer meedoen.'

'…'

'Roep Manu. Hij moet dat hier oplossen.'

Monique had reeds jaren dezelfde droom. Gust op het plankier voor zijn deur. Met betraand gezicht en roepend naar zijn vrouw Mathilde. Zijn harde vuisten beukten vertwijfeld op zijn voordeur. Monique kwam toegesneld vanuit haar café, greep zijn handen en drukte ze tegen haar boezem. 'Ik zie u graag, Gust. Ik zie u ook graag,' fluisterde ze. Steeds schoot ze zwetend wakker en keek dan naar de verfrommelde lakens en de lege plaats naast haar. Het werd hoog tijd dat ze dit tegen Gust vertelde en hem tussen haar beddengoed trok.

De plafonnière in de gelagzaal gromde tegen de pelletjes verf die als een grote vochtige schaafwonde aan het plafond hingen. Crème met kromme lijntjes. Aan de wand hingen foto's van vader Monique, moeder Monique en haar man in zijn soldatenplunje. Hij stond fier met zijn bajonet in de hand klaar om een meute Duitsers te spietsen. Hij wist toen ze de foto namen nog niet dat de bezetter met de dikke Bertha klaarstond. Over dat kader hing een zwart bestoft lint. Het behangpapier had zijn beste tijd gehad. De kleuren met het gouden biesje verbleekten. De schimmel van de muur kwam tussen de randjes door. De toog stond in de hoek. Gust had met latten en houten platen een ronde tapkast geplaatst die bij Monique paste. Er waren geen tapkranen. Bier en jenever kwamen uit de fles. Koffie stond uren op het vuur te trekken. Moeilijk moest dat niet zijn.

Het plafond trilde bij elke beweging van Monique op haar bed. De zusters zaten gelaten beneden in de gelagzaal te wachten. Ze hoorden enkel een 'dieu' en twintig 'miljards'.

Manu kwam naar beneden. Een dikke frons tussen zijn ogen. Monique volgde.

'Die tafels moeten zo niet staan.' Monique commandeerde terwijl ze de tranen uit haar ogen wreef. 'Zo kunnen de kinderen zich verbranden aan de stoof. Ziet ge dat dan niet?'

'Maar Monique…' opperde Georgette.

De zusters keken naar Manu. Die draaide met zijn ogen. Waarom was hij ook aan dit feest begonnen? Voor Maria? Om zijn moeder te koeioneren? Om iedereen samen aan tafel te krijgen?

'Steek het vuur aan. Ik denk dat ge anders het be-slag in schelletjes kunt snijden. Of eten we straks droge boterhammen met sprot?' Monique raasde voort. Iedereen walste gelijk zot voor haar uit. Gelijk een bataljon met een luitenant-kolonel. Door de ge-lagzaal. Tafels en stoelen, glazen, een kaarsje links of rechts, de stoof laten snorren, de blaffeturen sluiten. De rest van de wereld had hier geen affaire mee. Het werd kouder, donkerder en stuurser buiten. Hitler zou binnenkort voor de deur staan, maar daar trok-ken ze zich nog niks van aan. Hij moest maar klop-pen als hij iets nodig had. Binnen werd het gezelliger, aangenamer. Het rook er naar druipende kaarsen en gist. 'Eén lange tafel,' had Manu gezegd. De rest trok hij zich niet aan. 'Allemaal samen, geen kliekjes, geen achterklap.'

Hebt ge al kinderen horen brullen in de rij huizen?
De kinderen van Georgette en haar zusters. Fons, Jef
en Riksken. Gilbert, Hubert, Omer, Gabriël en Maurice. Yvonne, Yvette, en Juliette, retteketet. Stephanie, Lowie en Catherine, koekentien, wie niet weg is,
is gezien. Wie bij wie hoort, weet ik niet. Ik woonde
aan de andere kant van het dorp maar hoorde ze huilen tot bij mij. Gelijk pauwen die hun eigen naam
roepen in de nacht. Of gelijk varkens die gekeeld worden. Of misschien gelijk katers die schreeuwen dat zij
graag eens van de grond zouden willen gaan.

Ik moest maar één kind hebben. Een jongen. Een
godje. Meer moest dat niet zijn.

Emmanuel kwam als kind nooit bij andere kinderen over de vloer. Hij ging spelen achter ons huis, in

't veld, aan de gracht. Soms alleen, soms met wat buurtvolk. Er kwam nooit een ander kind bij ons. Ik zou die drukte niet verdragen hebben. Dat getier van kleine mannen voor een stuk speelgoed.

Eén keer is er iemand komen spelen. Eén keer. George, een brave jongen uit het grote nest van Liza en Tuur. Ze woonden een paar huizen verder. Na de school bracht Emmanuel hem mee naar huis. Kon hij geen boterham mee-eten? Natuurlijk. Miserie kunt ge beter delen.

Er was eens een vogeltje, we gaan hem George noemen, vrij laat uit zijn ei gekropen. Zijn moeder had geen tijd meer voor hem. De rest van haar kroost moest gevoederd worden met wormpjes en voorgekauwd zaaigoed. Het leven is aan de rappe, dacht ze. George was zwakjes aan de vleugels, misschien een futloos hartje. Soit. Tere plantjes moet ge tijd geven. George had geen tijd. Tegen dat hij goed en wel op het laagste takje kon springen, zat de rest op de elektriciteitsdraden te zingen en te springen, blij dat ze allemaal naar het zuiden mochten. George was daar nog niet klaar voor. Met verdrietige blik zag hij zijn volk wegvliegen. Saluut George. Gij blijft hier. Lief vogeltje, gij blijft hier.

Het werd koud, héél koud. Het sneeuwde en onze George bleef bibberend gelijk een espenblad op een

wei achter. Er stond nog één koe buiten. Vergeten?
Mismeesterd? Wie zal het zeggen, maar het is curi-
eus want ge kent boeren, die zijn zuinig op hun bees-
ten. Die ene koe, ik ga ze Bella noemen, moest vanon-
der de sneeuw taaie zoden halen. Dat werkte op haar
darmen. Het gevolg was dat Bella een grote platte
pannenkoek op onze George legde. Ze had er geen erg
in. Het moest eruit. George, verkleumd, zag het nu
helemaal niet meer zitten. Door de warmte van die
stront kreeg hij echter visioenen. Hij zag zichzelf met
reuzeslagen zijn gevleugelde soort boven de wolken
voorbijsteken. Hij zou eens zwaaien en als eerste er-
gens in Afrika liggen bakken. George kroop uit de
warme vlaai. Nu komt de kat op de koord. Bij een
boer hoort een kat, gewoon een roste kater. Modder-
vet van het vreten van muizen en het luie leven. Daar
moet ik toch geen naam aan geven. De kater was op
zoek naar woelmuizen. Op zijn dooie gemak. Woel-
muizen slapen niet in de winter. Plotsklaps zag hij
een stront bewegen. George maakte zich klaar voor
zijn grote reis. Die roste kater was nieuwsgierig en
schuifelde traag dichterbij. George had genoeg
warmte en moed bijeengeraapt en stak zijn kopje
boven. Een gemakkelijke prooi voor de kater, die
uithaalde en onze George uit de stront snokte. Hij
speelde nog eventjes met het vogeltje. Van boven
naar onder, van links naar rechts, van voor naar

achter en beet het kopje af. Einde verhaal.

Let op. Dit is een verhaal met veel moraal. Daar draait het toch altijd om. Eigenlijk. Feitelijk. Een goedgelovige een onzinnige raad meegeven. Een uitvlucht om toch verder te willen leven. Soit. De moraliteiten. Ten eerste: als ge in de stront zit, kunt ge er beter in blijven zitten. Ten tweede: het zijn niet altijd vijanden die op uw kop kakken. En ten leste, en daarom niet ten beste: het zijn niet altijd vrienden die u uit de stront halen.

George is maar één keer komen eten. Emmanuel hing wederom alleen aan mijn rokken.

De vroeg opgedoken donkerte op oudejaarsavond riep de kinderen binnen. Allemaal. 'Yvonne, Yvette en Juliette, retteketet. Fons, Jef en Riksken. Gilbert, Hubert, Omer, Gabriël en Maurice. Stephanie, Lowie en Catherine, koeken tien, wie niet weg is, is gezien,' zei de moeder van Manu soms, minachtend over de kinderen uit de root. 'Ik hoop, Emmanuel, dat gij niet aan kinderen begint. Gij hebt dat niet nodig. Ge hebt mij,' voegde ze er dan aan toe.

Gelijk een kudde schapen kwamen ze in de gelagzaal. Van overal. Mekkerend. Een paar jongens hadden op de bevroren beek achter de root gespeeld. De oudsten hielpen met het voederen van koeien en varkens bij boer Vercauteren aan de overkant. De kleinsten hadden waarschijnlijk naar Gust zijn klompenmakerij gekeken. Hij vertelde nooit, toonde geen kunstjes of draaide niet met zijn bloot gat. Het was in zijn werkplaats steeds warm. Hij verbrandde daar zijn afvalhout. De kinderen zagen hoe zijn verweerde handen over het hout wreven en zijn blik naar hun voeten keek om de vorm te scheppen.

'Iedereen steekt zijn kop onder de pomp, wast zijn handen en kamt zijn haar.' Niemand pruttelde tegen. Georgette had bewaakster in een gevangenis moeten worden of zuster in een pensionaat. Met hopen liefde en een wreed harde hand. De kinderen schuifelden terug naar buiten. De pomp stond gewikkeld in jutezakken tegen de vrieskou. Vlug hun handen nat maken en door hun haar wrijven. Meer moest dat niet zijn.

Gust keurde zijn laatst gemaakte klompen en vergeleek deze met het houten blok op zijn schoot. Met een stuk glas gleed hij over het populierenhout. Zijn eeltige handen streelden over het schoeisel. Geen enkele groef te veel. Hij balde zijn vuist en stak ze in de klont hout. De volmaaktheid zat aan de binnenkant. Hij draaide en keerde zijn hand. Een kloef moest gegoten zijn aan de voet. Een beetje speling aan de kanten was voor armoezaaiers. Die staken er in de winter stro bij tegen de kou. Een kloefkapper liet een klomp als een glazen muil rond de voet passen. De rest was stront met strepen, zoals zijn vader vroeger zei. Tierlantijntjes en krullewieters. Het kleuren van een klomp in wijnrood of boerengeel is voor flierefluiters. Toch zou hij deze klomp wel rood verven, fatsoeneren met een hiel, met een krullerige tip. Maar dat kon later. Hoe de schoen aanvoelde, zodat je niet op een hup en een wip blaren aan uw enkels had, was de kunst. Monique zou content zijn, hoopte hij.

Op een zonnige ochtend in augustus 1918 had Gust naar de lucht gekeken. Het doodsgereutel van medesoldaten in de prikkeldraad klonk ijl in de morgenlucht. Ochtendstond heeft stront in de mond, gelijk ze zeggen. Zijn schoenen en beenwindsels voelden zwaar onder de Vlaamse klei. Zijn vest was doorweekt van de dauw. Reeds vijf weken attaqueerden hij en zijn kompanen de Duitsers met bajonet en handgranaten vanuit de loopgraven. Meter na meter eigen land veroveren en opnieuw moeten afgeven. In deze doorploegde grond zouden de polderpatatten later welig kunnen tieren. Met toegeknepen billen en een hart zo groot als een mosterdzaadje schoot Gust op alles wat bewoog. Vlaggen, vogels en zonneschijn. Af en toe raakte hij een Duitser.

Gust keek uit naar een paar dagen verlof. Mathilde zou hem verwelkomen met een mondvol kussen.

Op de zetel in de woonkamer zou hij haar de eerste keer nemen, op de trap de tweede keer en op het tapijt voor het bed de derde keer. Daarna zou hij nagenieten met een Engelse sigaret in zijn mond. Hij zou plannen maken voor een nieuwe klompenmakerij. Canadese populieren aanplanten, de zagerij leiden en een hoop volk uitkiezen om klompen te kappen. Zelf zou hij rondreizen tot in Duitsland en Polen om zijn marchandise te verkopen. Hij zou een wit hemd en een plastron dragen met bovenop een vilten hoed.

Gust hoorde een vliegtuig ronken. Steeds dichterbij. Gelijk een strontvlieg op kousenvoeten. Hij trok een deken over zijn hoofd en begon stilletjes weesgegroetjes te prevelen, veel weesgegroetjes. De machine scheerde laag over de loopgraven. De weesgegroetjes werden onzevaders en het onzevader werd een rozenkrans. De vliegmachine gierde, het stoof en retteketette. Iedereen pletste plat op zijn buik. Er zullen veel met platte kak in de broek gezeten hebben. Het vliegtuig kwam terug, zocht het arsenaal en liet een bom vallen gelijk de duiven een stront. Kort, afgenepen en in volle vlucht. Gust hoorde eerst het gefluit, daarna de klap en dan voelde hij de inslag door zijn ganse lijf. Hij schokte, schreide, krijste. 'Mathilde, godverdomme Mathilde.' Toen kwam de stilte. Gust zag zijn korporaal, die op de knieën voorbijschoof, krijtwit. Een kievit maakte buitelingen. Baltsen met goesting onder de pluimen en met het zot in zijn kop.

Pack up your troubles in your old kit-bag,
And smile, smile, smile,
While you've a lucifer to light your fag,
Smile, boys, that's the style.
What's the use of worrying?
It never was worth while, so
Pack up your troubles in your old kit-bag,
And smile, smile, smile.

Toen Gust wakker werd, lag hij in het veldhospitaal. Zonder benen. Die werden waarschijnlijk gebruikt als américain préparé voor op de boterhammen van de officieren.

Ik wil niet op het kerkhof liggen met een arduinsteen op mijn buik. Ik zou de blik van Jezus aan mijn hoofdeinde niet kunnen verdragen. Ik heb genoeg aan één god. Enfin… vinden gaan ze mij hier toch niet. Emmanuel heeft mij onder het ijs met rottend vlas geschoven. Ik voel de maden mijn vel bespugen en zachtjes beknabbelen. Binnen een maand of zes ben ik verteerd. 'Helaba! Stop eens met peuzelen. Dat kriebelt.'

Ziet ge mij al liggen in gewijde grond. Aan mijn ene kant op het kerkhof rotte kadavers van kwezels. De nonnen van de meisjesschool met hun witte kappen op hun schedels. Het jonge mannenvolk zou waarschijnlijk aan mijn andere kant liggen. Rij aan rij.

Jongens, met een snotneus, die gesneuveld zijn in de Grote Oorlog. De kraaien schrikken. De eksters blè-ren terug. De crucifixen roeren zich niet. De dode soldaten evenmin.

Theofiel Cant.

Petrus De Keersmaecker.

Peperkoek, dat zal me smaken.

Hoe moet ik daar aan geraken?

Met een beetje sterke drank.

Petrus, ge zijt bedankt.

Alfons De Witte.

Pieter Hoelebrandt.

De dikke en de dunne,

de lange, de stomme en kleine Omer.

Richard De Jonghe, gestorven op het slagveld van Bellem.

Mijn jonge broertje ligt ginder ook. Hij kon met moeite zijn geweer schouderen. Nu ligt hij daar met zijn longen vol mosterdgas.

Alfons Stuer.

Edmond Van Steelandt.

Trek jullie buik in, rotte lijken. De borst vooruit, hielen tegen elkaar. We gaan samen een marsliedje zingen.

Als we dood zijn,

groeit er gras op onze buik,

doornen op ons fluit,

de wormen kruipen eruit.

...

Houd de melodie vol. Doorzingen, met kwelende stemmetjes. Laat uw schouders niet hangen, gij daar achteraan. Gij daar met uw vaderlievend, vaderlovend, vaderlandse vlag op uw lijf.

Alfons Van Wiele.

De koster zijn klein ventje.

Alfons De Wolf.

Alfons De Wilde, gesneuveld in Somergem.

Knaapjes die modder ploegden en mosterdgas snoven voor koning en middenstand. Ge moet geen schrik hebben. Ik geef jullie geen trap onder jullie kloten. Ge hebt er geen meer.

De dode nonnen naast mij zullen goesting hebben om eens van de grond te gaan. Dansen als zwaluwen, zwieren van links naar rechts en over en weer en opnieuw een keer. Hun hele leven hebben ze gegeven aan hun godje van niemendal. Zich nestelend aan zijn altaar. Ze hadden voor Emmanuel op hun knieën moeten vallen. Hosanna in den hoge zingen voor hem, en hem alleen. Hem hadden ze met respect moeten tegemoet treden. Maar nee. Het was hun allemaal te veel. Ziet ze nu liggen. Ge riekt ze tot voorbij de kerkwegel. Doe jullie mond dicht, ge stinkt. Het is hier precies een mesthoop die ligt te prevelen.

Gust bleef, toen de facteurkinderen hun wafels gingen eten, stilletjes bij zijn vuur zitten. Kijkend naar de vlammen, denkend aan explosies in de loopgraven, ontploffingen in zijn hart en Monique die wachtte. Hij moest haar eindelijk duidelijk maken dat een man zonder benen geen steun en toeverlaat was. Ze moest haar bonen niet bij hem te week leggen.

Buiten beet de ijzige kou stukken uit de akkers. Het was zelfs te koud om een manhaftige hond erdoor te sturen. De kleinste beesten sliepen zich verloren diep onder de bevroren grond. De wind sneerde langs knotwilgen en vertelde griezelige verhalen.

Naar de wafelenbak van deze avond keek hij niet uit. Manu kwam ook steeds met die krankzinnige ideeën, dacht hij. Dit najaar had hij voorgesteld om een grote vogelschrik aan de tramhalte te zetten. Gustje kapte de kop, de zusters kleefden er haar op. Monique hing er een kostuum aan van haar man zaliger. Manu verankerde het geval een meter in de grond te midden van de sporen. De trambestuurder en de conducteur hadden een halve dag tegen die vogelschrik uitgelegd dat hij van de sporen moest. Zo levensecht leek hij. 'Ge kunt op de tram stappen of opzij gaan. Maar hier in het midden van de sporen blijven rusten kan niet.' Manu liet Monique rondgaan bij het volk op de tram om hen iets te laten drinken op kosten van de conducteur.

De trambestuurder werd afgedankt. Zijn bazen geloofden zijn uitleg niet dat een vogelschrik zijn tram gijzelde. Hij was later nog komen klagen. Manu had hem een stevige vuistslag op zijn neus gegeven en een trap in de rug. Er reed later een andere trambestuurder voor hun deur.

Ik blijf bij mijn stoof, dacht Gust. Manu met zijn zotte kuren kan zijn eigen potje stoven. En Monique, die moet maar wachten. Ik wacht al jaren.

In de koude achterkeuken verwarmden Wilfried en zijn moeder zich aan de ketel met kokend water. Ze wreef aan haar kruis. Het jeukte. 'Als het jeukt, moet ge scharren,' zei ze verlegen tegen haar zoon.

'Godverdomme moeder, waarom leefde gij?' riep

Wilfried. 'Hebt gij dan geen enkele schaamte. Ge zijt toch geen hond die het schurft van tussen zijn benen schraapt.' Hij tilde het deksel van de ketel op en voelde de damp van het kokende water in zijn gezicht slaan. Van de grote vrieskou buiten recht in een Turks stoombad hier in hun achterkeuken. De balletjes gaan tevreden zijn, dacht hij.

'Is er al zout en peper in het water?' blafte hij.

Zijn moeder knikte. Kokende hete waterdruppels spetterden in zijn gezicht toen hij de ballen gehakt in het water rolde. De damp deed hem denken aan een stoomlocomotief. Vorige zomer was hij met zijn moeder naar de dierentuin in Antwerpen geweest. Vanuit Nieuwkerken tsjoekte de boemel volgeladen met dokwerkers en propere madammen naar Antwerpen Centraal. Wilfried staarde naar koeien die in de wei voorbij schaatsten. De bomenrijen leken gordijnen van het toneel waarachter een schouwspel van leven zich presenteerde. Hij dacht te zeilen op korenbloemen. In het kolossale eindstation met zijn hemelshoge dakspinsel dromden ze zich door de drukte naar de nabijgelegen dierentuin. Terwijl Wilfried met grote ogen naar het voorportaal met de mozaïeken leeuwen en de adelaars erbovenop keek, zei zijn moeder dat zijn vader daar vaak rondliep. Madammen met parasol en heren met hoed schreden door het dierenpark.

'Mijn vader?'

Zijn moeder had hem laten geloven dat zij onbevlekt ontvangen had, dacht hij. Een geschenk van God. Bleek zijn vader nu een stukje bourgeois? Een zeekapitein die exotische beesten leverde? Of een dierenoppasser?

Wilfried wilde het niet horen. Hij had alle beesten in hun kooi toegebruld dat zijn moeder haar muil dicht moest houden. Het schuim had op zijn mond gestaan.

Zijn moeder bleek gevogeld te hebben met een tiep die zijn handen niet kon thuis houden. Wilfried zou die olifanten hun slurf in hun kont steken, de antilopen in het oosterse tempeltje de strepen van hun gat trekken. Zijn moeder leek op een bonobo die met alles dat maar ruikt naar bloot, wou gepakt worden langs alle gaten die er waren. Zijn moeder als maîtresse van een viezerik met te veel geld. Of een dierenoppasser die, nadat hij het hok van de olifanten had uitgemest, eventjes zijn handen aan zijn broek afwreef en daarna zijn moeder vastgreep. Later liet die zijn moeder vallen zoals een olifant zijn drollen.

Wilfried keek zijn moeder aan. Hij voelde de woede van toen opnieuw opborrelen.

'Moeder, waarom leefde gij? Ik durf niet buitenkomen met u. God zou het moeten zien. En hij ziet

het. Overal is hij. Om elk hoekje kijkt hij naar u.'
Wilfried zijn ogen liepen rood aan.

Zijn moeder zuchtte. 'Gij vuil ventje. Hoe durft
gij mij alle zonden van Jeruzalem op mijn schouders
leggen. Ik heb voor u...' Ze verschoot van haar eigen
reactie. 'En daarbij, kan dat niet stiller. De buren zullen weer wat te zeggen hebben.'

Met de schuimspa schepte ze het schuim van het
murmelende vocht. De balletjes drentelden op het
water. Ze sprongen op alsof ze in de armen van de
moeder wilden springen om haar te omarmen en te
troosten. De tranen van haar wangen opdeppen en
het zout opnemen.

'Zwijgt stil,' mompelde ze.

Wilfried keek naar het hoopje miserie dat bij het
fornuis stond. De damp uit de kookpot wentelde
zich rond zijn moeder. Hij kreeg het beeld van haar
alsof ze de heilige Rita was. Hij aaide haar en trok
haar tegen zich aan. Hij voelde de onmacht van zijn
moeder.

'Kom, laat ons wafels eten.'

De Leuvense stoof bij Monique gloeide hitsig. De
lucht boven het vuur hutselde zich omhoog en ver-
troebelde het beeld van het verstorven behangpapier. Jezus glimlachte minzaam aan zijn kruisbeeld.
De versleten palmtak knisperde. Te dunne pootjes

ondersteunden de platte buiskachel. Een anjer kleurde de emailranden. Aan de relingen hingen de kousen van Monique. Goedkope bruinkool stond onder de kachel.

De kinderen namen afstand. Stonden ze met hun gezicht naar de buiskachel dan schroeide het haar van hun onderarmen. Hun achterkant krulde van de kou.

'Allee, changez,' riep de facteur van Georgette. In koor draaiden de kinderen zich om. De deksels op de kachel dansten mee.

'Is het beslag genoeg gerezen?' riep Georgette. Haar oudste zuster hief de handdoek op die over het beslag lag en zag het deeg plakken aan de doek.

'Georgette, we kunnen bakken.'

Het achterste deksel werd van de stoof genomen en het wafelijzer erop geplaatst, ingevet met een pietsje boter. De grote kom met beslag werd bij het vuur geplaatst.

Het kindervolk kroop nog dichter bij de kachel. De oogjes blonken.

'Komt dat zien, komt dat zien,' scheen het vuur te snorren, 'ge gaat uw buik goed dik kunnen vreten. Ruikt de dikke wafels, hoort het sudderen in het wafelijzer.'

De tafels en stoelen stonden in een lange rij aan te schuiven voor de wafelbak. Het tafellaken smakte met haar stoffen mond.

De stilte was snijdbaar. De oudste zuster plaatste een kleine pollepel in het beslag. Het deeg tuitte zijn lippen en leek de pollepel in zich te zuigen. De oudste zuster zou volgen. Alle ogen gaapten geconcentreerd naar de pollepel.

'Klets, plets, woesj,' fluisterde het deeg toen het zich op het wafelijzer vlijde. Vlug deed Georgette het deksel dicht en draaide onmiddellijk de bakvorm om.

Iedereen keek naar elkaar en zuchtte. 'Ooooh.'

In het wafelijzer leek een monster wakker te worden. Het ijzer spande zijn kaken maar kon het wafelmonster niet binnen houden. Langs de zijkant kwam de wafel naar buiten. Een streep deeg kwam tevoorschijn en knipoogde naar de kinderen.

'Krijg ik het randje, krijg ik het… ?' riep iedereen luid door elkaar.

'Het eerste stuk is voor onze kleine Gilbert.' De oudste zuster knipoogde. Gilbert glunderde.

Onze Emmanuel is eigenlijk, feitelijk, de nieuwe Jezus. Hij is God en ik ben zijn moeder. Hij op zijn troon, fel in het licht. Ik op mijn knieën, naast Hem, met opgeheven blik. Een beetje wolken daar rond, een vlucht engelen met pluimen in hun bloot gat.

Ik ben de moeder Gods.

'Als gij een vent waart geweest, heette gij Emmanuel,' zei mijn vader lang geleden met zijn zatte kloten. Toen ik vijf was, stak ik dus een pietje in mijn poezewoef. Een varkensdarm gevuld met watten. Na drie dagen kreeg ik een infectie stinkend naar caracoles. Wekenlang moest ik mijn poezewoef uitspoelen met wijnazijn. Ik ben dan maar de moeder van God geworden.

Vorige zomer zat ik op het gemak. Het huisje achter aan de tuin stond in de zon. De vliegen ronkten rond mijn kont. Ik las in het parochieblad. De moeder van Maurice was dood. Irma haar man ook. Opeens hielden de vliegen op met ronken, de vogels tsjilpten niet meer. Misschien in de verte een buizerd die aan het bidden was. Aan mijn voordeur reed een wielerkoers voorbij. Ik werd iemand in mijn tuintje gewaar. Ik hoorde plompe voetstappen aan mijn achterdeur en keek door 't gaatje in de deur. Onze Emmanuel. Met water uit de pomp spoelde hij bloed van zijn handen. Bloed tot aan zijn ellebogen. Met de tranen in zijn ogen. Zoals Pontius Pilatus. Hij waste zijn handen in onschuldig water.

Toen kwam die mol, die in mijn darmen aan het wroeten was, naar buiten. Dikke, dikke stront. Ik kon het niet tegenhouden. Langs mijn gat eruit. Ik moest niet persen zoals een koe een kalf kalft. Geen zweet laten parelen op mijn voorhoofd. Nee, het schoof, recht in de beerput. Meer dan een meter saucisse. Een stevige plons, plets, slets, kletterdeklets. Ik keek terug door het gaatje in de deur. Emmanuel was weg.

Ik veegde mijn gat af met een stuk parochieblad.
Hij is God. Zijt maar zeker.

'Manu, komt uw moeder vanavond?' Maria keek Manu aan. Ze zocht ogenschijnlijk steun. De drukte van de wafelenbak werd haar te veel.

'Nee, ik denk het niet.'

'Daar heb ik geen zier spijt van. Als ze onder mijn ogen komt dan...'

'Laat haar gerust,' reageerde Manu kort.

Maria keek bezorgd.

Manu ging naar achteren om te plassen. De rest van de root moest die wafelenbak maar zelf regelen. Te veel kinderen was niks voor hem. Waarom moest Maria nu over zijn moeder beginnen. Wist zij iets? Kon je op zijn gezicht lezen *moordenaar* of *slachter*? Waarschijnlijk zou het binnenkort toch allemaal uitkomen en in dikke vette letters in de gazet te lezen staan. 'Moedermoordenaar in godvergeten gat.' 'Is er nog liefde in België?' 'Bruut van een dokwerker steekt eigen moeder met roeste spade de kop af.'

Een havenarbeider was sowieso nieuws. Onlangs stond het nog in de gazet 'Vier mensen en één dokwerker omgekomen bij brand.'

Manu raapte verwaaide pluimen op en deed ze in een emmer. Zijn ijzige vingers schrapten over de dalstenen.

Waarom moest zijn moeder ook met het zot in haar kop zitten? Een gevaar voor zichzelf én voor hem. Manu liep naar de achterkant van de tuintjes. Kippenpluimen warrelden achter hem omhoog. Hij leegde de emmer op een bevroren hoop wortelloof. Manu keek naar de canadapopulieren in de verte. De halfbakken maan verlichtte het weidse weiland. Een man liep haastig over de veldweg. Waarschijnlijk naar het dorp. Misschien om zijn lief te kussen vóór het nieuwe jaar? Manu kon de rootputten achter de canada's niet zien. Maar hij voelde zijn moeder die daarin lag. Zouden haar ogen naar hem staren? Vol verwijt?

Zijt ge gepresseerd terwijl ge passeert? Hebt ge peper in uw gat? Of wilt ge uw lief nog zoenen in de rapte? Vóór het nieuwe jaar?

Ge moet u daarvoor niet schamen. Ik deed dat ook met Cocu, mijn man. Héél rap kussen. Mijn vel jeukte als zijn hazenlip mijn mond raakte.

Ruikt ge mij? Een boeketje van rottend vlas. De geur kruipt in uw neus, gelijk de wormen die in mijn gat komen kronkelen en krawietelen.

Nee, niet doorlopen. Dat was om te lachen.

Ik moet u iets verklappen.

't Gaat over onze Emmanuel.

Cocu is zijn vader niet. Maar ik durfde het niet te zeggen tegen Emmanuel. Dan had hij mijn hoofd waarschijnlijk twee keer afgestoken. Hij kan soms zo onverwacht uitschieten.

Cocu stelde François voor als naam bij Emmanuels geboorte.

'Mijn vader heet ook François,' zei hij, 'en daarbij, de heilige Franciscus is een schoon voorbeeld voor onze zoon. Goed kunnen keuvelen met de beestjes is een gave die van pas kan komen.'

Ik heb niet tegen Cocu gezegd dat Emmanuel een geschenk van God is. Anders ging hij zich nog afvragen hoe ik God gevogeld heb. Emmanuel kwam zeker niet uit de kwakjes van Cocu. Die troep heb ik elke keer uit mijn buik geperst.

Cocu heeft van zijn tetter gemaakt toen ik Emmanuel als naam presenteerde.

'Mijn zoon is meer dan een vogelaar,' zei ik. 'Hij zal Emmanuel heten.'

Cocu zijn hazenlip kleurde donker, zijn ogen puilden een beetje. Ge kunt u dus wel voorstellen dat ik daar geen kind van wou.

Ze keken raar in het gemeentehuis toen Cocu Emmanuel ging aangeven.

'Cocu, uw vrouw heeft u goed liggen. Emmanuel staat niet in de almanak. Wij kunnen die naam dus niet gebruiken.'

Cocu trok de gemeentesecretaris over de balie. 'Wilt ge soms zeggen dat mijn wijf een slag van de molen heeft gehad? Als zij Emmanuel wil, dan zal het Emmanuel worden.' Gedurende drie dagen stond hij elke ochtend opnieuw aan de balie. Uiteindelijk vond de gemeentesecretaris de naam Emmanuel in een almanak van 1898. Cocu zag mij graag. Meer moet ik niet zeggen.

Hé, ga niet weg. Het is niet om te zeveren.

Wilt ge niet weten hoe God mij gepakt heeft?

Hé strontknikker.

Luistert naar mij. Loopt niet weg.

Godverdomme, stuk crapuul. Luistert naar mij.

Enkele dagen vóór de dorpskermis in het najaar hadden de mannen de gevel van hun huis gewit met kalk.
De kinderen hadden het onkruid gewied en de jongens keken uit naar een lief. De meisjes kwetterden
gelijk piepkuikens en de vrouwen, ja, de vrouwen,
schrobden het plankier, verlangden een proper
kleedje en keurden de gehele commotie met aardige
kanttekeningen. Er was vertier en plezanterie. Ge-
zwans en charlatans. De notaris organiseerde een
bolwedstrijd. De pastoor liep mee met een loopkoers
voor kinderen. Aan elk huis kon je stopschieten. Met
een kwartje naar een lijn smijten en hopen dat je de
hemel won. In het midden van het dorpsplein blonk
de zeeppaal. Een houten paal van een meter of vijf
hoog, ingesmeerd met bruine zeep. Bovenop lag een

fietswiel met droge worsten en salami. Sluweriken deden zand in hun broekzakken. Mannen vol met bruine zeep en hun kruis dat schuimde.

Het café regelde een wielerkoers rond het dorp. Zeven rondes. Van heinde en ver kwamen jonge coureurs met strakke kuiten. Ook eentje vanuit de stad. Een jonge bourgeoisparvenu met een echte koersfiets. Een gekruld stuur, dunne tubes en een omkeerbaar achterwiel. Hij droeg een spannende koersbroek met een zeemvel ingenaaid. Ingevet met uiercrème. Maria en Rita van de Roste keken hun ogen uit. De Roste koerste mee met de postbodefiets van Gentil. Manu was de soigneur. Hij zorgde dat de Roste elke keer bij het passeren een volle drinkbus kreeg. Met water, soms met tafelbier. Na vijf rondes reed het stadsjong een gans eind vooruit. De Roste bengelde ergens achteraan in het peloton van schavuiten. De laatste ronde toonde Manu de drinkbus aan het stadsjong. Ook die had dorst. De jonge coureur greep naar de bus, maar Manu hield ze stevig vast. De jongen loste ook niet, kletterde opzij en sloeg met zijn klieken en klakken tegen de kasseibaan. Een platvloers malheur met een plechtstatig tintje. Vloekend kroop de renner recht en stormde met zijn fiets aan de hand naar Manu. Hij slingerde het verwrongen kader naar Manu. Deze weerde het ijzerwerk af, maar het kamwiel trok een diepe snee in zijn onderarm. Hij haalde uit en voordat het peloton voorbijreed had Manu het stadsjong reeds in een hoopje geslagen. Uit Manu zijn onderarm gutste bloed. Het leek dat hij de wedstrijd gewonnen had en het volk besprenkelde met champagne. Of was hij meneer pastoor die zijn kudde wijdde? De coureur muisde ervandoor. Manu bekeek zijn arm, lachte naar de omstanders en ging naar het huis van zijn moeder. Daar spoelde hij zijn wonde uit aan de pomp. Geen erg. Geen drukte.

De winnaar van de koers, een jongen uit het dorp, trakteerde met zijn gewonnen drie volle franken het hele café. 's Avonds plukte de Roste de bloemenruiker van de zatte coureur en gaf die aan zijn Rita. Het meisje was deftig in de wolken.

In de gelagzaal van Monique was gezelligheid troef. De facteurs waren aangekomen van hun postronde. Zogezegd. Rond het eindejaar vroeg elkeen de facteur of de veldwachter binnen om hem een voorspoedig Nieuwjaar te wensen. Een bedanking met een beetje drinkgeld en een jenever of twee. Iedereen wilde vriend blijven met deze mannen van het noodzakelijke kwaad. Een facteur bracht brieven van uw grote liefde en onbetaalbare rekeningen. De veldwachter kon een burengeschil in uw voordeel beslechten.

De facteurs gaven het overschot van hun extra-
tjes aan hun vrouwen. Veel was het niet meer. De rest
zat in hun lijf en hoofd. De schnapsengelen dansten
er samen met de drankduivel. De zusters staken het
geld in hun voorschoot. Morgen was er nog een dag
om te overleven en het was niet elke dag Nieuwjaar.

De kinderhanden en muiltjes blonken van de
vettige wafels. De kleuters leken oude mannetjes
met een witte baard van bloemsuiker. Smullen,
schransen, schrokken, bunkeren, buffelen, slobbe-
ren, smikkelen, kluiven en peuzelen. Het had geen
naam. Hun oogjes glommen gelijk steenkool in hun
magere kop. Nu hoorde je ze niet janken en emme-
ren, reutelen en zagen, zemelen, mieren en melken.
Het was oudejaar. Het was feest. Ze vergaten de
miserie die aan de deur stond te kloppen. Ze lachten
met hun vaders, die stomdronken lalden tegen het
kruisbeeld of tegen hun moeder. Ze waren vergeten
dat ze gisteren slaag kregen en waarschijnlijk morgen opnieuw. Waarom? Daarom.

De grote mensen: de facteurs gemarineerd in alcohol, de drie zusters rondhossend voor hun kinderen, Maria met haar rond buikje en Monique met een
stuurse blik.

'Kunnen wij iets drinken, Monique?' vroegen de
kindersmoeltjes.

Monique schonk grote bekers chocolademelk uit.

Ze riepen in koor: 'Chocolaten thee van ons mémé. En geeft ons nog wat pree.'

Monique lachte groen. Ze wachtte op Gust. Waar zat hij trouwens? Voor hem had ze dit wel allemaal toegelaten. Een beetje liefde in armzalige tijden was toch niet te veel gevraagd.

'Beste meter en peter.

Hoe meer ge geeft hoe beter.

Geeft ge niet, dan sla ik u met mijn...' Algeheel gegiechel aan de tafel. De kinderen oefenden hun nieuwjaarsbrieven. Morgen moesten ze die voordragen. Hopelijk kregen ze iets meer dan konijnenpoten om het geluk af te dwingen. Een speculaas zo groot als een tapijt of peperkoek in de vorm van een hart waar ge u weken ziek in kon eten.

Gilbert stond recht op zijn stoel.

'Lieve ma en pa,

Mijn hartje juicht van vreugd

op deze schonen dag,

omdat ik U mijn dank...'

'Voor stank,' werd gegniffeld.

'... Omdat ik U mijn dank,

beloften en beste wensen mag aanbieden.

Mocht alle leed, kommer en tegenspoed ver van U verwijderd blijven.

Ik zal braaf en gehoorzaam zijn, U liefkozen en helpen.

Ik zal immer mijn best doen en goed leren om U aangenaam te zijn.

Deze wensen,

lieve ma en pa, komen uit mijn hartje, dat U zo teer bemint.'

Er volgde applaus. Gilbert glom opnieuw.

'Gij wilt zeker twee keer Nieuwjaarsgeld vangen? Het zal niet waar zijn.'

Juliette retteket vervolgde: 'Lieve peter, een halve frank is goed, twee is beter. 1934, heil en zegen.'

'Sieg heil,' riep een facteur.

Plots kon je de stilte in schelletjes snijden.

'Nooit van mijn leven,' fluisterde Monique.

Een bons op de cafédeur. Gust schuifelde naar binnen. Hij keek rond en knipoogde naar Monique. 'Voor mij een wafel, Georgette,' zei hij. 'En drinkt er allemaal eentje op mijn kosten.'

Ge moogt meefluiten met deze melodie van 'In the Jailhouse Now' van Jimmy Rodgers, een Amerikaanse cowboy.

Dat jong heeft het niet zelf gekozen

Zie ze daar staan, de lieve Monique
Ze draait haar kont, de franke tiek
Ze wil met Gustje efkens van bil
Ze sust en kust voor zot
Te klein is heel het kot
Willen met die billen gelijk een gestroopt konijn

lijk een gestroopt konijn
lijk een gestroopt konijn

vel en been, poten in de lucht
hangen, wurgen, hopen op een beetje gezucht
lijk een gestroopt konijn

(Jodelen, dat is niet mijn sterkste kant.)
Ah di o-dalee eehee dee-o tiiiiiii
Ah di o-dalee ee oh dee-o tiiiiiii
Yodelayee-hee
Yodelayee-hee
Yodelay-eeee

Gustje was heel rustig
Het korte type van kijklustig
De man van avontuur en dromen roem
Die niet stopt aan de bareel
weet niks van menstrueel
Loopt achter de rokken in een vat miswijn

lijk een gestroopt konijn
lijk een gestroopt konijn
vel en been, poten in de lucht
hangen, wurgen, hopen op hopen gezucht
lijk een gestroopt konijn

(Jodelen met de tong uit uw lijf.)

Gustje met Monique op de bank
't Zit niet snor met die liefdesdrank
de man van 't avontuur wil niet van bil
Monique schiet uit haar sloefen
laat hem zijn eigen bloed proeven
versmoren dienen maagdelijke troep in liefdespijn

lijk een gestroopt konijn
lijk een gestroopt konijn
vel en been, vrouwen en speelzucht
zijn hart te groot voor dienen bucht
lijk een gestroopt konijn

Een uil schoof tussen een koppel populieren. Een bries deed de bomen dansen. Van links naar rechts. Kereweerom. Ze draaiden hun kont en waaierden met hun twijgen naar de uil. Het maanlicht schetterde. Een ijsbal aan het firmament tussen een hoop flikkerende fonkelingen. De sterren schaterden het uit.

Manu kreeg het koud van het staren naar de verte. Zijn ogen traanden bevroren diamanten die langs zijn neus, over zijn wang, tegen zijn kin naar de grond kletsten.

'Moederke Gods, bidt voor ons.' In de verte hoorde hij een pauw geeuwen. 'Arme zondaars.'

De laatste maand had hij niet meer gesproken tegen zijn moeder. Waarom zou hij? Hele replieken

over God en zijn verdomde zoon had hij moeten aanhoren. Manu hoorde een achterdeur opengaan.

'Manu, wanneer komt ge nu eindelijk binnen? De
kinderen oefenen hun nieuwjaarsbrieven. Ge moet
dat horen.' Maria riep vanuit het deurgat. Manu reageerde niet. 'Manu, Gilbert kent héél zijn brief uit het
hoofd.' Maria liep naar het einde van de tuin. Manu
wreef in zijn ogen.

'Ge staat hier toch niet te bleiten gelijk een klein
kalf.' Ze nestelde zich in zijn armen. Manu sloot ze
rond haar middel.

Een dampige zondagnamiddag in februari 1932. In
alle cafés kon je drinken, maar in 't Scheef Huis kon je
dansen. Het jonge volk kwam daar in de namiddag.
Ze kwamen in groep: werkmakkers, enkele neven,
meisjes van het atelier. Ze hadden een doel. Keuren
en gekeurd worden. Iedereen toonde zijn schoonste
zijde en vanuit hun ooghoeken keken ze naar andere
schone kanten. Ze demonstreerden waar ze goed in
waren. Mannen die meisjes heel de zaal lieten zien
tijdens het dansen. Venten die pronkerig met hun
derrière een wals neerzetten. Uitnodigend voor alle
vrouwen. Ge moest zot zijn met zo een allemans-
wies. Sommige jongens dronken zich verloren door
onwennigheid. 's Avonds kwamen ze thuis met lege
handen en barstende koppijn. Propere, hardwerken-

de ventjes genoten aan de kant. Zij lagen later in de schemering in bed met een hoofd vol zotte gedachten en een kruis vol goesting hopend op charmante madammen, niet te opzichtig, die konden koken en kweken gelijk konijnen.

Manu stond in de danszaal te schuifelen met een lauwe pint bier in zijn handen. De Roste kreeg Maria in 't oog. 'Kijkt daar, Maria. Is dat niet iets voor u?'

Manu kende haar van op het kasteel van Maes, de brouwer. Hij was daar tuinier/koetsier. Ze zag er nu veel pronter uit dan in haar schort, op haar kloefen en haar hoofdhaar onder een kap.

'Of moet ík mijn bonen bij haar te week leggen?'

'Godverdomme, Roste. Kunt ge aan niks anders peinzen?'

'Toch wel, maar dat is niet gemakkelijk. Hebt ge een voorstel?'

Maria zat met enkele vriendinnen te keuvelen. Te kletsen over koetjes en kalveren. Te wortelen over alles en nog wat. Manu raapte al zijn moed bijeen en stapte op haar af. 'Goesting om eens te dansen?' vroeg hij verlegen.

'Dat zult gij gepeinsd hebben,' lachte ze vrolijk. Vierkant in 't gezicht en daarna kirrend naar haar vriendinnen. Manu keek verweesd. Was dat nu een ja of een nee, vroeg hij zich af. Van de onduidelijkheid van vrouwen raakte hij danig van zijn melk. Hij kreeg de tranen in zijn ogen. Ze bolden van zijn kaken, langs zijn mond. Zoute druppels en een krop in zijn keel.

Maria keerde zich terug naar hem en zag de tranen rollen. Haar lach verstrakte. Ze nam zachtjes zijn hand en trok hem naar de dansvloer. 'Klein ventje, gij zijt van mij,' fluisterde ze in zijn oor. Ze dansten de hele namiddag en een flink stuk in de nacht.

'Voel eens aan mijn buik?' vroeg Maria.

'Waarom? Hebt ge te veel wafels gegeten?'

'Ja… nee. Voel eens goed, zwanzer. Is dat een hartje dat bonkt?'

Ze trok zijn armen dichter tegen haar aan. In de verte geeuwde de pauw opnieuw.

1920. *Emmanuel keek me aan met zeehondoogjes.*
Het was 4 oktober, de naamdag van de heilige Fran-
ciscus, een artiest die met dieren klapte. De tranen
tuitten uit zijn kop. Veel beeld, weinig klank. Het was
een vrijdagavond en ik deed de was. Zandplekken uit
broeken van velours, zweet uit plakkende onder-
hemdjes.

'Emmanuelleken, is er iets?' Ik veegde mijn ge-
kreukelde handen af aan mijn schort en bukte me. Ik
grabbelde naar zijn kleine lijf. 'Kom hier, dat ik u eens
vastpak.'

Ge kunt dat ventje toch niet alleen in de wereld la-
ten staan met een bergje verdriet in zijn hoofd. Ge
kunt het er niet uit slaan zoals zijn vader probeert.
Ge moet het weg strelen. Wrijven over dat hoofdje

tot de pijn van het zijn aan uw handen kleeft en ge het daarna in de wastobbe kunt afspoelen. Onderhemdjes kunnen dat verdriet wel dragen.

Zijn onderlip trilde, zijn gezicht trok bleek. Toen hij mijn ogen voelde, kromde zijn rug. Hij draaide zich weg en sloeg met zijn vuistjes op de witgekalkte muren, raasde verder tussen de lakens die te drogen hingen. Het linnen leek een bende meeuwen die vochten om beschuit. Hongerig en vechtlustig. Hij stampte de grote kookketel omver waarin ik juist mijn maandverbanden afkookte. Het hete, roodgekleurde water spatte tegen de muren. Nog een halfuur hamerde hij met zijn kleine knuisten gaten in de lucht. Wat zat er in dat ventje zijn hoofdje?

Uiteindelijk begroef hij zich in mijn rok en verdween tussen de plooien.

Een meisje van een straat verder, Louisa, Wiske gelijk we zeggen, had een uur eerder een mierenhoop in de fik gestoken. Met lucifers en een hoopje oude doeken. De buurtkinderen stonden er rond en genoten. Het Colosseum in het klein. Een hoopje christenen dat het moest opnemen tegen een leeuw of zes. Het volk dat jubelde bij het zien van een afgekapt been, of een hersenpannetje dat leeggeslubberd werd. De kinderen joelden, supporterden voor elke mier die met de vlam in zijn gat probeerde zijn nest vuurvrij te maken.

Kinderhanden smoorden het gieren en gillen. Met glunderende oogjes bleef dat jong grut kijken hoe duur die beestjes hun vel verkochten. Emmanuel had het niet meer kunnen aanzien.

Een week later vonden ze Wiske versmoord in de beek. Met een blauw gezichtje. Haar fiets lag een beetje verder. Ze was waarschijnlijk op een hobbel-steentje onderuit geschoven, met een dreun en een slag en een stoot tegen de grond gesmakt en in de beek gerold. Niet goed wetend wat, waar en hoe, had ze al-licht water geslikt.

Ik ben ook gaan kijken. Het schaap. Ze had rode streepjes rond haar nek alsof ze een halsketting droeg van parelmoer.

Emmanuel hing andermaal alleen aan mijn rokken. Voor maanden en maanden en maanden.

De warmte stroomde in de kamer van Monique over. De Leuvense stoofkachel barstte uit het geutijzer. De vuurpot stond roodgloeiend. Wilfried klopte voorzichtig aan de voordeur en duwde eerst zijn moeder binnen. Hij volgde met zuinige pas. 'Hoe later het uur, hoe schoner het volk,' fluisterde hij.

'Niet overdrijven Wilfried. Als ge het over uw moeder hebt, kan ik u geen ongelijk geven. Maar...' Gentil, de facteur van Georgette, lachte zijn tanden bloot. De andere facteurs mekkerden mee.

'Ik versta de boodschap,' antwoordde Wilfried zacht, 'maar echte schoonheid zit vanbinnen.'

'Zeggen alle lelijke mensen,' vulde Gentil onmiddellijk aan. 'Schoon van verre...' '...en verre van schoon,' vulden de andere facteurs aan.

'Voor mij een limonade, Monique. Wat drinkt gij, moeder?' Wilfried negeerde Gentil en nestelde zich aan de toog. Zijn moeder vond een plaatsje aan de tafel bij de gezusters.

'Trek het u niet aan, Wilfried,' zei Georgette. 'Gentil heeft het niet in zijn hoofd. Het zit bij hem meer in zijn gat.' Enkele kinderen klopten op Gentil zijn achterste.

'Waar zit Manu?' vroeg iemand, 'en Maria?'

'Dan steken ze hier de boel in gang en muizen er zelf tussenuit.'

Op de achterdeur klonk een luide bonk. Een akelig lachje en een schrille stem deden de kinderen onder de tafel kruipen. Enkelen schoven op de schoot van hun moeder.

'Als ge van de duivel spreekt, ziet ge Manu zijn staart,' grapte Gentil en hij trok de deur open.

Manu en Maria stapten binnen.

'Nu dat we hier allemaal samen zijn, is het tijd voor iets cultureel hoogstaands,' riep Gentil en klom op de tafel. Zijn schoonbroers hielpen hem.

'Dat meent ge niet. Nee, Gentil, ik verbied het u. Komt van die tafel af.' Georgette sprong recht en trok aan zijn broekspijpen. De facteur trok zich daar niks van aan.

'Ik zal mijn nieuwjaarsbrief eens deftig en braaf voorzeggen. Gelijk ik dat in mijn tijd deed voor nonkel pastoor.' Georgette bleef aan zijn broek trekken. 'Schaamt ge u niet? Er zijn kinderen.'

'Die kinderen kunnen er een voorbeeld aan nemen hoe ze morgen hun nieuwjaarsbrief brengen. En omdat ge er toch op staat, vrouwlief, zal ik het brengen op de manier dat gij het graag hebt.'

Georgette gilde. 'Zijde zot?'

'Ik heb haar op mijn gat,' begon Gentil voorzichtig.

'Ik heb haar op mijn gat gelijk de officieren.'

De schoonbroers lagen al in een knoop. De kinderen keken met open mond. Gentil knoopte zijn knopen los en liet zijn broek zakken.

'Ik heb haar op mijn gat.'

Gentil was een begenadigd voordrager. Bij het toneel van de Katholieke Werklieden presteerde hij het om alle aandacht te trekken, ook al kreeg hij steeds een bijrolletje. Hij liet even een stilte en keek iedereen aan.

'Ge ziet de ballen zwieren.'

De kinderen brulden het uit. De moeder van Wilfried zat met open mond te kijken. Gentil knipoogde naar Georgette. Zij wierp beschaamd een blik naar haar zusters. Die hoopten op een reactie van Wilfried, maar die keek naar Monique. Monique keek naar Gust. Gust keek naar Monique.

'Het hol van mijn gat ziet zwart van 't haar.' Hier

rekte hij even de spanning. Want waarom droeg hij deze ongerijmdheid juist nu op?

Gentil verklaarde: 'Ik wens u een gelukkig jaar.'

Een oorverdovend applaus van de facteurs en de kinderen volgde. Gentil gooide kushandjes en boog, zoals hij steeds deed bij zijn toneelkring. Hij probeerde zijn broek op te trekken. De kinderen zagen hun kans schoon om het feest te verlengen en hingen aan hem. Gentil liet zich niet van de wijs brengen, zette zich opnieuw recht en boog opnieuw. Een goede 'Godverdomme' deed de kinderen even achteruitdeinzen. Dat moment greep hij aan om zijn broek op te trekken. Toen sprong hij van de tafel.

'Voilà.'

'Ik wil hier morgen niemand zijn nieuwjaarsbrief zien opzeggen met zijn broek op zijn enkels,' zei Georgette scherp.

'Drinkt allemaal één op mijn kosten,' schaterde Gentil terwijl hij naar Georgette grabbelde en haar op de wang kuste.

Manu keek naar Maria. Zij smulde van het gebeuren. Veel was ze niet gewoon.

De moeder van Maria was in het kraambed gestorven. Haar vader de koster hield het huishouden recht. Eigenlijk hield iedereen het gezin recht. Broers, vader en de zussen. Samen. Werken en niet omkijken. Gebukt, gebogen. Vooruit.

Maria was de laatste dochter om het huis te verlaten. De koster was niet tevreden toen Maria Manu aan haar vader voorstelde.

'Een dokwerker. Het crapuul van de straat, gekend om hun vuisten, hun drankzucht en wilde vrouwen. Sjacheraars, die winsten boeken uit de verkoop van diefstal van de scheepsladingen. Dat komt hier niet over de vloer.' Hij voegde er stilletjes aan toe: 'En hoe moet ik mij alleen redden?'

Haar vader keek in haar ogen en draaide gelijk een windhaan. Sierlijk zijn eigen gelijk bijsturen. 'Maar als gij hem graag ziet, moet ge u laten gaan. En ik u ook.'

Maria dacht aan Nieuwjaar samen met haar familie. Alle nonkels en tantes kwamen op bezoek. Ze speelde met haar nichten met de poppen, kaatsten ballen, dansten koord en hielden kook-en-eten met zure melk of knikkerden om suikerklontjes. 's Avonds kaartten de mannen en de vrouwen zaten rond de Leuvense stoof. Met hun voeten op de rand. Door de hitte kleurden de onderbenen. Luiwijvenbloemen. Maria zag het opnieuw bij de vrouwen van de root.

'Wie legt een kaartje?' Gust vroeg het langs zijn neus weg. Hij speelde graag met Manu. Niet voor geld, enkel om de tijd te passeren. Klaverjassen en whist was niets voor hen, te veel inzicht. Pappen was meer hun ding. Veertien kaarten en geduld. Puur chance.

Gentil riep onmiddellijk dat hij bereid was. 'Ik ga mee, naar de zee.'

'Wat zoudt gij aan de zee gaan doen? Ge zijt bang van water,' repliceerde Monique vanachter haar toog.

'Van water. Zeer zeker,' riep Gentil, 'geef mij maar een pint.' Hij bulderde. Dan was er tenminste toch één die om zijn grappen lachte.

'Is pappen goed voor iedereen?' vroeg Gust.

'Toch niet dat meisjesspel?' De andere facteurs zuchtten.

'Jongens, zoudt ge niet beter iets anders doen? Iets samen?' Maria keek iedereen aan.

'Belletje trek?' Gilbert vroeg het stilletjes.

'Laat ons buiten ravotten in het maanlicht,' riepen de kinderen. 'Op het ijs gaan schuiven.'

'Aan de rootputten?' Wilfried keek naar Manu. 'Daar is het niet zo diep.'

'Schuiven is voor kleine mannen. We zijn geen kinderen.' Manu zette zich recht. 'Ik ga slapen. Morgen is er nog een dag. En een nieuw jaar. Er is werk genoeg wilt ge goed feesten. Kom Maria.'

'Maar …' sputterde Maria.

'Kom,' zei Manu.

Trekt eens aan mijn vinger.

NIEUWJAARSDAG
1934

Ik ga het niet hebben over de vlammende pijnscheuten in mijn onderbuik bij de bevalling. De krampen tot achter mijn oren. Het leed in elke vezel van mijn lijf. De kop van Emmanuel die zich naar buiten stampte. Wroetend.

Ik ga het niet hebben over mijn benen die ik krampachtig dichthield. Ik wou dat jong niet afgeven. Mijn godsvrucht was voor mij alleen. Negen vrouwen uit de gebuurte moesten mijn knieën vaneen trekken. Eén ving Emmanuel op, samen met mijn bloed. Ik heb altijd gedacht dat ze er worst van hebben gedraaid.

Ik ga het niet hebben over Cocu die met zijn zatte botten op café zat. Opscheppen over zijn sterke zaad. Heel het café mocht het weten. Zijn zoon zou een struise kerel worden. Cocu met zijn magere yoghurt.

Ik ga het niet hebben over de zonnige dag die de Grote Oorlog aankondigde. Was het een signaal dat mijn godje alle duivels in het land een kopje kleiner ging maken?

Ik ga het niet hebben over de geboorte van Emmanuel.

28 juni 1914.

Een maand later vulden de Duitsers hun cartouches met mosterdgas.

Op de ochtend van 1 januari 1934 vroor het wederom fel. De rijmtekeningen op de vensters schreven poëzie.

Aan de achterkant van de rij huizen wikkelde Charlotte de jutebaal van de pomp. Met trage halen trok ze water omhoog.

'Hela, 't is een feestdag!' riep Monique met schelle stem door haar bovenvenster. Haar haren stonden wild en haar ogen glazig. 'Kan dat niet stiller?'

De oudste zus hing een nieuwe emmer onder de pomp en begon voluit te pompen. 'Wie gaat er koffie zetten? De kinderen wassen? Feesten in een smerig kot zal hier niet pakken. Ik ga een dweil slaan in uw café. Dat ze achter onze rug niet zeggen dat die zwijnen van de vlooienroot zaten te brassen in hun eigen stront.'

'Zoudt ge uw mond niet spoelen met zeep?' De stem van Gust klonk warm vanuit de slaapkamer van Monique. 'De eerste dag van het jaar met zulke woorden starten. En trek nu dat raam dicht. Het wordt hier verdomd koud.' Monique sloot snel het raam. De oudste zuster lachte fijntjes.

Vanuit de slaapkamer van de facteurs klonken kinderstemmetjes die nieuwjaarsbrieven oefenden. Door elkaar, schaterend. 'Nu ik. Nu ik.' Ruzie. Slaande ruzie. Zelfs de wind moeide er zich mee. Met ijzige vingers schudde hij aan de populieren. Spreeuwen vlogen op met veel gekraai. Waarom slaapt de mens toch niet meer, dachten ze. Dat ze hun gedachten dromen in plaats van elk zijn eigen willetje te willen aanvoeren.

Maria keek naar Manu. Hij grolde in zijn slaap. Muizenissen, dacht ze. Een frons tussen zijn ogen. Manu was een binnenvreter. Hoe dieper de groef in zijn voorhoofd, hoe donkerder de gedachten. Hetzelfde met zijn moeder. Zij deed doodweg haar eigen goesting. Toen Sara vorig jaar een varken wilde slachten bij haar thuis, moesten de vrouwen van het erf. Als de rode vlag uithing, Roze Marie in het land was of meisjes met hun prutsen zaten, kabbelde het varkensbloed, naar het scheen, zodat de bloedworst klonterde. De moeder van Manu trok zich daar niks van aan. Toen de slachter het varken ging kelen, zette Sara zich met opgestroopte rok op het varken. Ze plaatste haar hielen in de lendenen van het dier, pakte stevig de twee oren beet en trok de kop naar achter. Het leek een rodeo. Buffalo Bill zou haar zeker toegelaten hebben in zijn Wild West Show. Het varken krijste voor zot en stribbelde tegen. Het bloed gutste uit zijn keelgat. Ze moesten emmers bij de buren halen om het allemaal te kunnen opvangen. Kilometers bloedworst leverde het op.

Manu was van hetzelfde laken een broek. Een keikop. Een steenezel had er niet aan.

Maria rolde dichter naar het midden van het bed. Manu opende zijn ogen, draaide zijn gezicht naar zijn vrouw en glimlachte. 'Wat lig jij zo te kijken? Heb ik iets aan van u?' Hij kuste haar. 'Ik denk niet dat ik deze nacht uw slaapkleed heb aangetrokken? Of wel?' Manu wreef zijn handen warm en ademde diep de koude lucht in. 'Anders wil ik dat wel eventjes doen, zo in de rapte.'

'Vriezeman heeft op straat gezeten
en heeft in mijne neus gebeten,
mijne neus ziet rood, rood, rood.
Ik wens de vriezeman dood, dood, dood.'

De kinderen van de facteurs kwamen naar buiten. Hun klompen gevuld met stro. Rookadem tussen hun koublauwe lippen. Ze sloegen hun armen tegen hun lijf zodat het bloed de worstenvingertjes verwarmde. Onder hun grofste kleren droegen ze twee lagen ondergoed om de warmte van hun bed vast te houden. De spreeuwen in de populieren schrikten op.

'Vriezeman heeft op straat gezeten
en heeft in mijne neus gebeten,
mijne neus ziet rood, rood, rood.
Ik wens de vriezeman dood, dood, dood.'

Maria had haar op haar tanden. Of toch een beetje.

Als klein meisje speelde ze elke zomer met haar twee poppen aan haar voordeur in het dorp. Poppemie en Miekezot in een schone wieg, gekregen van meneer pastoor. Eigenlijk had haar oudste zus de wieg gekregen maar die dingen gingen van oud naar jong. Soit.

Haar broers waren op de stoep aan het meetjesschieten. Een eenvoudig spel om met centen zo dicht mogelijk op een streep te smijten. Wie het dichtst met zijn cent lag, kreeg alle gesmeten centen. Het gaf levendigheid. Geestigheid om niks. Jong mannenvolk dat tijd vulde die niet te vullen was.

'En Maria, lukt het een beetje met Miekezot?' De broers schamperden rond de wieg. 'Ik peins dat Poppemie in haar broek gekakt heeft.' 'Gaan we om ter dichtst naar de wieg smijten?'

'Dat moet ge eens proberen!' riep Maria furieus. Dus probeerden ze het.

Hoe dichter de centen kwamen, hoe kwader Maria werd. Eerst schopte ze de centen aan de kant, daarna probeerde ze haar grote broers weg te stampen. Niks hielp. 'Ik daag jullie uit in het meetjesschieten,' zei Maria. 'Als ik win gaat ge ergens anders de zot uithangen.'

'En waar gaat gij de centen halen?'

Uit het kleed van Miekezot haalde Maria één cent. 'Dat moet voldoende zijn.'

'Gaat ge met één cent ons de broek uitvegen?'

De streep werd getrokken, de afstand afgestapt. 'Is dit niet te ver, kleine zus?' Maria schudde haar hoofd. De broers zakten door de knieën en bogen zich licht voorover. Enkelen smeten lichtvoetig, anderen gaven zwaar geschut. Ze smeten om beurt hun cent. Botweg of gewichtig. Maria trok, als laatste, haar rok op tot aan de knie, bukte zich, schoot. De cent keilde door de zwoele avondlucht. De mussen stopten met sjilpen, de zwaluwen lieten, in volle vlucht, dikke vliegen aan hun bek voorbijgaan. Haar cent viel enkele centimeters voor de streep, rolde, tolde en stokte stil op de lijn. Gewonnen. Haar broers keken met verwondering. Vlug raapte Maria de centen op.

'Ja maar, zo niet.' Alle broers verdrongen zich rond haar. 'Dit vraagt om een revanche.'

Die avond smeten ze uren met hun centen. Soms geluk, meestal pech. Soms winnen, vaak missen. Op het einde van de avond stak Maria haar winst in het kleed van Miekezot. De volgende ochtend wilde ze haar opbrengst hertellen. Ze vond evenwel niks. Met hangende schouders en beteuterd gezicht vertelde ze het aan haar vader.

'Meiske toch.' De zachte handen van haar vader trokken haar naar zich toe. 'Uw centen stak ik deze ochtend in het offerblok ter ere van de heilige Rita. De patrones van hopeloze zaken. Geld maakt niet gelukkig.'

Maria wreef over de palm van zijn hand. Liefde doet veel, geld doet alles, dacht ze.

'Hier,' zei haar vader, 'koop uzelf enkele zure snoepen.' Hij knipoogde. Haar vader ging prat op zijn wijze lessen.

Maria kuste Manu op de mond. 'Manu, waarom moesten we gisterenavond zo vroeg slapen? We zouden zeker nog gedanst hebben. Midden in de nacht. Of geschaatst? Op de rootput.' Manu draaide zich met zijn rug naar haar.

'Helaba. Hebt ge oren op uw gat misschien?'

'Godverdomme, die pomp is weer vastgevroren.' Buiten riep Georgette in de steenkoude lucht. 'Ik krijg geen water naar boven. Wie heeft de jutezak niet over de pomp gelegd?' Ze keek kwaad rond en zocht een slachtoffer om haar koleire op af te reageren. Het bleef heel stil in de huizen. Als Georgette bulderde was er niemand die zijn venster opendeed om stilte te vragen. De kinderen, gierend op weg naar het ijs, bleven versteven staan. De kleinste kinderen kropen tegen de broeken van de oudsten. Slechts de damp uit hun mond bewoog en cirkelde rond hun rode wangen en druipende neuzen.

'Kom hier.' Georgette had de kinderen in het vizier. Schoorvoetend schuifelden ze naar haar. Stappend alsof ze een vijg in hun broek hadden.

'Ik heb dat niet gedaan,' mompelde de kleine Gilbert.

'Dat weet ik ook wel, ventje, maar hoe krijg ik die zuiger hier in gang?'

De kinderen stonden dwaas naar de pomp te kijken. Was dat het probleem? Moest Georgette daarvoor heel het dorp bijeenroepen.

'Giet er warm water op.'

'Maar ik heb geen water om warm te maken, dwazerik. Ons Charlotte heeft al het water uitgesmeten in het café om te dweilen.'

'De pomp beademen?' fluisterde Gilbert.

'Niet té slim proberen zijn. Iemand een beter idee?'

'Kunnen we niet…?'

'Wat is er, Yvette? Ge moet niet rood kleuren. En ge moogt u haasten want ik heb dat water nodig.'

Fluisterend vertelde Yvette verder.

Eén minuut later haalden Fons, Jef, Riksken, Gilbert, Hubert, Omer, Gabriël, Maurice en Lowie hun plasser tevoorschijn. De meisjes keerden zich gniffelend om.

De jongens gingen rond de pomp staan en waterden. Het ijzer dampte van de kleine en grote geuten ochtendpis. Binnenin hoorde je de mechaniek trekken en het ijs knappen.

Georgette wrikte aan de pomp en een brok ijs binnenin schoot los. Met forse halen trok ze vlug enkele emmers water uit de put.

'Bedankt.'

De broeken werden onhandig dichtgemoffeld.

'En doe aan die rootput niet te zot. Ge moet straks nog in bad.'

Elkaar overhoop lopend, spurtten de kinderen opnieuw naar de rootput. Rap, zodat geen groot mens hen uit hun spel kon sleuren met zijn dagelijkse bezigheden.

De geur van lauwe urine trok langs de achtergevels door de bovenvensters naar de slaapkamers en schudde het leven in de huizenrij beetje bij beetje wakker. Monique koterde met fonkelende oogjes haar Leuvense stoof op. Wilfried spoedde zich naar het gemak achteraan de tuintjes. Gust rekte zich uit in het bed van Monique. Hij dacht, voor het eerst sinds jaren, niet aan oorlog of hout. De facteurs draaiden zich nog eens om in hun beddenbak. Voor hen was het niet alle dagen zondag.

'Manu, welk zot geweld zit er in uw kop? Ge zijt de laatste tijd wreed kortaf.'

De rug waartegen Maria praatte, verroerde zich niet.

'Kan ik eraan doen dat van uw moeder een hoek af is? Of wel soms? Is het mijn fout?'

Manu rechtte zijn rug maar bleef zwijgzaam.

'Kunt ge een beetje vriendelijker zijn tegen mij? Ik zit met een kleine pagadder in mijn buik. Ik zou niet graag hebben dat onze kleine prins een puntkop krijgt van mijn bangigheid. Of dat zijn ogen zo scheel staan als een otter omdat mijn gepeins in zijn hoofd rondtolt.'

De spanning trok uit de rug van Manu. Maria legde er nog een schep bovenop. 'Of dat hij een slurfje krijgt, van het danige verschieten.'

De kinderen van de facteurs droegen hun zondagse kleren enkel als ze naar de mis gingen. Gelijk bij een estafette. De grote kinderen gaven hun kleren door aan de andere grote en de kleine droegen hun kleren te groot. Zowel de meisjes als de jongens. Van vroegmis tot hoogmis. Zodat iedereen proper op zijn knieën voor de pastoor kon kruipen, amen prevelend. Nieuwjaar was wel een feestdag, maar geen hoogdag. Geen kerkengekonkel vandaag. Dus schaatsten de kinderen met hun verstelde wollen truitjes aan en de meisjes met de rokken over hun broeken. Wollen kousen met gaten. Ge zoudt compassie krijgen met dat vlooienvolk.

Voetje bij voetje schoof Gilbert dichter bij de rootput. Kon hij maar schuiven gelijk de grote gasten. Heel zijn familie was aan het glijden. Een groot dansfeest. Het ijs kraakte. Gilbert stond met zijn Friese doorlopers aan de kant van de rootput. Twee latten hout met daarin een ijzer geslagen. Als Gilbert een bocht zou nemen, slierde het hout tegen het ijs en lag hij tegen de vlakte. Hij had echte schaatsen zien liggen in de winkel bij de beenhouwer. Die wou ze verkopen om er een nieuw kapblok mee aan te schaffen. Echte schaatsen zouden, volgens Gilbert, veel goedmaken. Dan kon hij laten zien dat walsen op het ijs zijn slag was.

Gilbert zette zijn eerste voet op het ijs. Dan zijn

tweede. Het hart van Gilbert was zo groot als een ro-zijn. Hij hield zijn voeten schuin zodat het hout grip had op het ijs.

'Allee Gilbert, benauwd om op uw toot te vallen?'

Gilbert zag het plezier op de gezichten van zijn fa-milie. Zij zagen zijn schrik om zich belachelijk te ma-ken.

Gilbert keek naar het ijs.

Gilbert keek door het ijs.

'Gilbert is de arrivé. Wie doet mee?'

Als een peloton coureurs kwamen zijn neven en nichten aangestormd. Gilbert leek de eindmeet. Hun ruggen waren gekromd, de ellebogen schepten plaats, de benen stampten hoeken uit het ijs. De kleinste op hun klompen, de grote met hun Friese doorlopers. De jongens schuimbekkend. De meisjes met de rokken opgetrokken om het lopen te verge-makkelijken.

'Nee, niet allemaal tegelijk. Zotten.' Gilbert draai-de zich om en stuntelde naar de kant.

'De bloemen zijn voor mij.' De kinderen dender-den dichter.

'Ik heb niks gedaan. Ga een ander kloten.'

Het ijs kraakte grimmig. Het peloton raasde mas-sief als een blok beton op Gilbert af. Het was niet dat Gilbert steeds de pispaal was van het groepje. Het kon verkeren.

De rok van Yvonne werd geregeld naar beneden getrokken om het haar op haar benen aan te prijzen.

De scheve tanden van Hubert stonden breed uiteen. Hij werd het konijn genoemd, maar wortels kon hij niet eten. Zijn tanden stonden te wijd.

Gabriël was de heilige engel en werd uitgedaagd om onder de rokken van de nonnen te kijken. 'Steekt het vuur onder hun kleed.'

Maurice was te lang. 'Schijnt de zon daarboven?'

Lowie liep krommig en kreeg een bochel. Dat zei genoeg. Als je een bult op je achterzijde hebt, heb je het beroerdste achter de rug.

Catherine speelde liever met jongens en werd de matras van de root genoemd. Het kind was amper acht jaar.

Juliette en Yvette, retteketet, waren een tweeling. Ze leken op elkaar gelijk twee druppels. 'Wie zijde gij?'

Fons plaste nog in zijn broek. 'Okkernoten op sterk water.'

Rikske stotterde. 'Ri, ri, ritsen van de schui, schui, schuifaf.'

Jef sloeg op iedereen die in zijn weg stond. Meer vuisten dan verstand. Daar werd niet mee gelachen.

Omer at snottebellen, krabde aan zijn gat of veegde oorsmeer aan zijn broek. 'Vuil, vies, vettig Omerken.'

Stephanie lispelde, wat niet handig was met haar naam.

En Gilbert. Hij stond aan de verkeerde kant van de rootput. Het was een kwestie van opletten in het spelletje van wie kwetst wie. In wiens rug priemde je een mes terwijl er niet in u gestoken werd. Het leven is niet aan de rappe. Het leven is aan degenen die aan de juiste kant van de put staan.

Het ijs kermde.

Het peloton spurtte op een kluit naar Gilbert. Te veel volk op een dun schelletje bevroren water kon niet goed gaan. Het kraken werd breken. Het peloton stopte bruusk zoals voor een bareel midden in een wielerwedstrijd. Vol frustratie toen ze een schots zagen afbreken. Vol afgrijzen toen Gilbert onder het water schoof.

Gilbert hapte adem. Het ijskoude water trok aan zijn kleren en zijn lijf. Opengesperde ogen. Grijpende handjes. Gilbert zonk. Onder het ijskoude water. Onder de ijsschellen.

'Godverdomme, Gilbert. Wat doet gij nu?' De eerste rij kinderen stond op het vaste ijs te grijpen in de lucht richting Gilbert. De tweede rij krabbelde naar de vaste, droge grond. De ganse plak ijs helde over. Schots en scheef. De paniek greep de kinderen bij de keel.

'Blijf rechtop. Schuif niet onder het ijs.'

Gilbert kwam voor de tweede keer boven het koude water. Omer zette zich op zijn knieën en greep de hand van Gilbert. Verwonderlijk stevig voor Omer met zijn vettige poten.

Gilbert werd bovengehaald. Gekeurd en gewogen als een verse karper. Een schoon stuk van een goeie twintig kilo. Gilbert hapte naar lucht. Zijn ogen traanden. Zijn lippen waren blauw. Zijn kleren plakten aan zijn mager lijf. Bibberend keek hij naar zijn voeten.

'Godverdomme.' Gilbert sprong recht. Karpers moest je in het oog houden als je ze gevangen had. Je kon ze met een stuk hout de hersenen inslaan of even wachten voordat je het haakje uit hun lip haalde.

Gilbert raasde rond. 'Verdomme, verdomme.' Hij stampte Yvonne, Yvette, en Juliette uit zijn weg. 'Hebt gij niks gezien?' Hij greep Fons bij de strot. 'Ge zijt toch niet blind,' foeterde hij. Gilbert draaide zich om en dook tussen het verkapte ijs. De troep kinderen gilde het uit. Ze zagen Gilbert onder het ijs scharrelen en scharren. Even werd het stil. Ze zagen een donkere schaduw onder het ijs schuiven. Zoekend. Gilbert kwam boven. Nog blauwer, nog kouder. Met verkrampte handen en zijn twee Friese doorlopers.

'Zijde helemaal zot geworden. Uw leven wagen voor twee stukken hout.'

De kinderen trokken Gilbert uit het water. Hij

knipoogde naar Catherine. Hij had beloofd om deze schaatsen aan haar te geven als hij echte schaatsen ging kopen.

Manu zette zich recht uit zijn bed.

'Verdomme Maria, wat is die drukte aan de rootput?'

De oudste meisjes escorteerden de koude blauwe Gilbert naar huis.

'Maar och heer, o god.' De moeder van Wilfried zag Gilbert bevend, omringd door zorgzame meisjes, over de kerkwegel komen. Haar hoge stem riep iedereen uit zijn huis. Josephine stoof naar haar kind, greep hem in de nek bij zijn natte trui en zwierde hem over de dalstenen richting achterdeur. Désiré, zijn vader, schopte het ventje tegen zijn achterste. Hij gaf nóg een goede rammeling op zijn natte broek bovenop om duidelijk te maken dat hij de patroon was. Josephine gaf hem draaien rond zijn oren om duidelijk te maken dat ze hem graag zag.

Voor Gilbert bleef het gelijk. Hij had schaafwonden op zijn knieën en blauwe plekken op zijn hele lijf.

'Ga in uw bed maar uw nieuwjaarsbrief opzeggen.'

'Ma... pa.' Gilbert traande.

'Niks ma... pa. Ben ik uw moeder of uw vader?

Gaat ge mij nog een travestiet noemen ook. Ge zit hier niet in 't stad.'

Gilbert keek naar de lippen van zijn vader. Dat moeilijke woord 'travestiet' zou hij moeten navragen aan zijn nichten.

Wilfried kwam vanuit het toilet buiten. Hij had alles gezien door het hartje in de deur van het gemak. 'Is dat nu allemaal nodig? Dat ventje is in 't water gesukkeld. En dan!'

'Bemoei u in uw eigen kot,' blafte Désiré. 'Gilbert moet maar uitkijken.'

'Waar is hij gevallen?' Manu riep vanuit hun zolderkamer.

'Wat maakt het uit. Die verdomde rootput, peins ik. Hij kon dood geweest zijn.'

'Zoudt ge uw andere kinderen daar dan niet afhalen?' riep Manu. 'Het is daar levensgevaarlijk.'

Manu trok in zeven haasten zijn kleren aan. 'Ik kan het hier allemaal zelf doen.'

'Helaba,' riep Maria, 'laat gij mij hier zomaar liggen?'

'Ge gaat u eigen moeten behelpen, Maria. Verdomme.'

Manu stormde naar buiten, voorbij de buren. Zij keken hem na hoe hij naar de weiden achter hun huizen liep, ondertussen wild roepend naar de kinderen.

'Zijde zot. Ga van dat water weg.'

De kinderen spoedden zich weg, de spreeuwen achterna.

*Cocu heeft een mes in mijn rug gestoken. Overdrach-
telijk bedoeld. De schijter zou niet durven in 't echt.*

*Ik stond buiten patatten te schillen en keek naar
een koppel patrijzen dat over het weiland vloog. De
buren hielden een conversatie, achter het muurtje.
Kwezelgevezel. Klappeigevrij. Achterklap over een
akkefietje in de parochiekerk.*

*Stek, een steek. Ik voelde een heftige scheut pijn die
trok langs mijn ruggenmerg tot onder mijn hersen-
pan. Ik dacht dat het een horzelsteek was en probeerde het beest weg te slaan. Maar het bleef priemen. Ik
smeet me met de rug op de grond om die gevoeligheid
eruit te krijgen. Ik rolde me om en om. De zanderige
grond stoof op. Maar het stekende leed bleef.*

In de kerk was de dag ervoor het offerblok gefor-

ceerd. Een smeerlap had met een koevoet het geld van Onze-Lieve-Vrouw gekraakt. Ik voelde aan mijn water dat het een handigheid van Cocu was. Anders kon hij nooit gisteravond rijkelijk trakteren. Cocu had een mes in mijn rug gestoken. Onze-Lieve-Vrouw stond erbij en keek ernaar.

Met zweet op mijn voorhoofd kroop ik recht uit het stof.

'Parvenu! Luizige hartenvreter!' Ik tierde heel ons kot bijeen. Onze Emmanuel, hij was een jaar of tien, dacht dat ik een attaque kreeg. Cocu kwam verdwaasd uit zijn roes aangesloft.

'Doerak! Duivel uit een doos en in mensenvel! Dief van kust mijn kloten! Deugniet! Valsaard! Goddeloze hartbreker! Zielsvergif! Gij gemenerik! Onwaardige niksnut. Gij, kanker die mensenharten eet. Laat een donderslag uw hersenen verpletten! Gij slaaf van Barabas! Gespuis die bloedschande brengt. Gij vuilste pad der padden die een proper huis zo laag bekladt. Schavuit! Canaille! Onbetrouwbaar sujet! Farizeeër! Judas! Schurk! Schavuit van mijn oren! Aartsketter! Zondaar! Doerak!'

Ik twijfelde. 'Heb ik dat al gezegd?'

Ik ademde diep. 'Geboefte! Ga weg, nijdige schobbejak! Gaat weg gij zwanslapper, gij gemene leugenverkoper. Gij bedrieger, gij schurk, gij loze landloper.'

Voilà, dat luchtte op. Ge zoudt dat ook eens moeten doen. Zo uw hart luchten. De druk van het vat halen. Het maakt niet uit waar of tegen wie. Thuis tegen uw schoonste theeservies. Of tegen een ventje dat ge tegenkomt op straat. Die gaat nogal verschieten.

Cocu verschoot niet.

'Godver Sara. Ge laat u van uw schoonste kant zien. Kan ik met iets helpen? Zit ge op een knoest?'

De vortzak strunkelde een week later, met een zak patatten op zijn rug, over de kasseien onder een strontkar. Hij had ze uitgestoken in het donker, een dorp of twee verder. De patatten, niet de kasseien. De ijzeren wielen van de kar bolden zonder berijder over zijn lijf. Zomaar. Cocu brak zijn neus en zijn rug. Hij was goed dood. Emmanuel zag het gebeuren.

Wie achteromkijkt, draait zijn rug naar de toekomst, stond op de almanak de dag erna. Er stond toen niemand meer tussen Emmanuel en mij.

Vorige zomer had Manu de aardappelstruiken in het groentetuintje van zijn moeder uitgestoken. Zij raapte de aardappelen op en legde die voorzichtig in de mand. Zonder blutsen moesten die het tot de winter uithouden. Het was iets voor de middag en de zon spatte schijnsel op hun ruggen. Manu moest in de namiddag werken aan de dokken en had niet veel tijd.

Manu had Maria beloofd dat hij voorzichtig hun blijde boodschap zou verkondigen. 'Wij gaan trouwen.' Hij wist dat zijn moeder een schouwspel ging maken, driftig rondlopen en hem een klets op zijn gezicht geven. Ze zou hem als een klein kind een rammeling willen bezorgen op zijn bloot gat, maar dan inzien dat hij geen kind meer was.

'Mijn moeder is een braaf mens, maar ze kan stampen gelijk een ezel. We zijn al zo lang samen. Ze peinst dat ik nog een kleine pagadder ben.' Hij wou Sara geen zeer doen maar ook Maria niet te lang laten wachten.

Manu stak de riek in de grond. 'Voilà. Het zit erop.' Hij streek met zijn mouw het zweet van onder zijn neus, keek naar zijn moeder die verwoed aardappelen bleef zoeken. 'De Roste gaat trouwen. Met Rita van Martha van Fiel. Volgende maand is het feest. Komt ge?'

Sara keek op. 'Wat?'

Manu zag een verbeten blik in haar kleine varkensogen toen ze haar rug rechtte. Ze werd oud. Hij moest ook meer herhalen dan vroeger. Meer en luider.

'Het trouwfeest van de Roste,' zei hij iets harder, maar niet te veel zodat het haar niet kwetste. 'Ik ben getuige. Ik mag het schoonste meisje meebrengen.'

Sara plaatste haar handen in de zij. Nu zou het komen voelde ze. 'Wie gaat gij meenemen?'

'Ik dacht aan u.'

Sara knipperde met haar ogen. 'Zwanst niet.'

'Serieus. Maakt dat ge die dag vrij zijt. Het zal de moeite zijn.'

Sara keek hem vragend na toen hij zijn riek afkuiste en vertrok naar de dokken.

Mijn godje deed achterbaks. Zijn handjes zweetten te veel. Hij vluchtte weg naar zijn nieuwe werk. Emmanuel zat met zottigheid in zijn kop. Ik wist het. Maar de gedachte dat ik eredame mocht zijn, liet mijn kruis kriebelen. Ik leek één van de juffrouwen die een boeket gaven aan de coureurs bij het criterium der Azen.

Kijk, een mens heeft niet veel nodig om content te zijn. Geef een klein ventje een handvol knikkers en hij glundert. Geef een oud ventje een kleinkind op zijn schoot en hij lacht zijn kapotte tanden bloot. Een zinnige zoen op de mond en een vrouwenhart smelt. Het ganse Duitse volk strekte het rechterarmpje voor een handvol beloofde lucht. Het was dus niet abnormaal dat ik straalde toen hij mij meevroeg naar die trouwerij.

*Ik dacht niet verder na. Ik had beter moeten we-
ten.*

Een week later wierp Manu opnieuw een visje uit.

'Hebt ge iets schoons om aan te trekken?'

'Waarvoor?'

'Voor het trouwfeest.'

'Van wie?'

'Van de Roste, tiens.'

'Meende gij dat van het schoonste meisje?'

'Moeder, gaat gij nu mee naar het feest of moet ik een ander zoeken?' Manu speelde met haar voeten. Dat was duidelijk. 'Meisjes genoeg in het dorp.'

'Meisjes te veel. Gij hebt dat niet nodig. Ik ga mee, zijt maar zeker.'

*Meisjes te veel. Eentje was al overschot om hem kie-
rewiet te laten lopen. Die zomer liep hij achter Maria
haar gat zoals een rekel achter een teef. De dochter
van de koster, in godsnaam. Iedereen in het dorp
sprak erover. Hoe haalde hij het in zijn hersens om
haar onder de rokken te betasten. Hoe durfde hij.
Geen greintje respect. Jarenlang had ik hem gesoig-
neerd. Zijn snotvodden gewassen, zijn tranen ver-
pinkt, zijn haar geschoren, zijn voeten met uierzalf
ingevet, zijn gat... Och, laat maar. Ik heb het allemaal moeten doen. Alleen. Cocu, zijn vader, was het
schoppen niet waard. Hij ging onze Emmanuel niet
uit de miserie halen. Hem een schoon werk bezorgen.
Mijn gat. Op café zitten en pinten zuipen gelijk een
koe water. Ik heb alles zelf moeten regelen. Met mijn*

fiets achter een sjiek kostuum rijden voor zijn com-
munie. Boterhammen met bruine suiker smeren. Die
dikke Louisa, Wiske, de nek…

Die zondagochtend kwam Manu samen met Sara uit de kerk. Maria stond buiten te wachten op haar vader die de laatste vlokken orgelmuziek speelde. Ze gaf Manu een teken dat dit moment geschikt was. Ze had het mis. Geen enkel ogenblik was geschikt. Hier tussen het schone, paapse volk zou Sara misschien minder geraas maken.

'Volgende week trouwt de Roste.'

'Dat weet ik nu al. Mijn kleren liggen klaar. Ik heb ze van Martha, ons buurvrouw, mogen lenen. Wij hebben dezelfde maat. Gewoon een beetje inleggen aan de zoom. De sjaal heb ik in 't stad gekocht.'

Sara keek naar Manu. 'Wat scheelt er? Manu, zijt eens eerlijk. Wat wilt ge eigenlijk, feitelijk, zeggen? Wat ligt er op uw lever?'

Manu richtte zijn blik op de kerktoren. Hij zocht steun bij een van de heiligenbeeldjes aan het kerkportaal. Niemand keek terug. Niemand hield zijn hand vast. Misschien was het toch niet het goede moment om aan zijn moeder te zeggen dat ze wreed bedankt was voor alles en nog wat, maar dat hij ging trouwen met Maria.

'Wij gaan trouwen.' Maria was bij hen komen staan en schoof haar hand in de zijne. 'Wij gaan ook trouwen. Op dezelfde dag als de Roste.'

'Wablief?' Sara keek naar Maria alsof ze een fluim was, juist uitgespuugd op het macadam. Maria keek terug. Ze wachtte op reactie. Gaat die oude doos mij een pandoering geven hier midden tussen het volk of wordt het een dikke kus, dacht Maria.

'Dat scheelt in de kosten,' fluisterde Manu. 'We moeten de pastoor maar één keer betalen.' Hij greep de hand van Maria steviger beet.

Sara keek naar die handen. Het werd ijl in haar hoofd. Ze zag wolken met vreemde fantasietjes. Haar sokken zakten in haar schoenen. Elk haarsprietje op haar lijf kwam recht. Ze wilde spreken, maar kon alleen wauwelen. Vriendelijk, onverstaanbaar en stil. Manu en Maria bogen zich dichterbij.

'Wat zegt ge, moeder?'

'Kindje, hoe ben je toch zo stout? Heb je pijn in 't buikje of zijn je voetjes koud?'

'Moeder? Wat staat ge hier te bazelen?' Manu schudde haar arm.

Sara trok zich los. 'We zullen een vuurtje stoken en een papje koken.' Ze rechtte zich. 'Gij trouwen? Met die slons! Nooit van mijn leven.' Met zekere tred tartte ze het volk van het kerkplein. Stap na stap door de Kerkstraat naar huis.

'Het wiegje dat gaat zwik, zwak, voor de kleine dikzak.'

*Mensen. Ge zijt beter zonder. Doe ze uit mijn ogen,
uit mijn oren, uit mijn hart. Ze laten mij leed. De rot-
zakken steken messen in mijn buik en halen de inge-
wanden eruit. Volk. Ge kunt er niet op vertrouwen.
Ze geven u een hoopje liefde om hun kabassen te vullen met uw genegenheid. Ze trappen het af en schoppen op mijn hart.*

*Cocu, die met zijn spel dagelijks in mijn lijf zat te
wurmen. Hij dacht met zijn slappe yoghurt een klein
kind te kunnen maken.*

*Emmanuel met zijn gejank. Ik hield van hem. Hij
peinst dat hij beter af is zonder mij. Ziet hem hier aan
de rootput staan huilen, op zijn schriele beentjes.
Waarom deed ik al die moeite om hem op de wereld te
smijten? Bassins vol vruchtwater, een opengesperd*

*lijf om dat dwaas kopken naar buiten te laten, afge-
sabbelde tepels, slapeloze nachten, het beschermend
moorden. De schurftgeaarde schurftegaard.*

*Emmanuel is mijn Emmanuel niet meer. Hij kan
godverdomme zijn plan trekken. Hij zal wel weten
welk kwaad hem allemaal kan treffen. Hij zal de duivel in de ogen kunnen zien. Hij peinst dat hij koning
is, nee, keizer. Maar een keizer zijt ge maar als uw
moeder uw pad geëffend heeft. Geen Jezus zonder
Maria. Nee, nu misspreek ik mij. De pijn begon vroeger, bij Sarah de aartsmoeder. De venten zijn druk
bezig over die aartsvader maar mijn barensweeën
erkennen ze niet.*

'Zijt ge zot geworden? Ben ik niet goed genoeg? Waar gaat ge wonen?'

Sara stond in de woonkamer. Vanonder haar slaapkleed staken er magere benen. De spatadders kleurden blauwig. De kou van de vloer kroop langs haar enkels in haar binnenste. Sara zette zich op een stoel. Ze keek haar zoon aan. Het leek of haar zieltje samen met een diepe zucht uit haar lijf ontsnapte. Haar treurige blik botste op Manu zijn bezwete vel. Manu was die avond laat thuisgekomen. Was hij bang van zijn moeder of verlangde hij liever naar het lijf van Maria? Een ganse avond had hij gedanst tot de zorgen in zijn hoofd verwaterden. Hij verwachtte de storm toen hij 's avonds thuiskwam. Het mitrailleu-sebetoog van zijn moeder.

'In de huizenrij buiten het dorp.'

'Hoe durft ge. In die vlooienroot. Bij dat gemene volk. Kiekens die vogelen onder één dak. Verdomme Manu, waar begint gij aan? Daarbij, wie gaat ons varken soigneren? Wie gaat de hof omspitten? Dat is hier godverdomme zware grond.'

'Ik zal u wel helpen. Ik woon toch niet in het hol van Pluto.'

'Manu, als gij hier buiten stapt, val ik binnen de twee dagen dood neer.'

Manu stapte achteruit naar de deur. 'Slaap wel, moeder.'

Sara keek naar de rug van haar zoon. Meer moest niet gezegd worden.

'Kindje, hoe ben je toch zo stout!'

Manu en de Roste hadden gepeinsd om te kunnen besparen door voor slechts één mis te moeten betalen. 'Korting op kroostrijke families, nietwaar, meneer pastoor? Ik ben zelfs een half weesje,' had Manu gezegd terwijl hij zijn arm op diens schouder legde.

De pastoor gaf echter tegenwind en probeerde zich uit de greep los te maken. 'Ik heb de familie van een dode een uur laten wachten en een doop moeten uitstellen omdat jullie zo zot waren om er een dubbele mis van te maken.'

De Roste ging voor de pastoor staan. Hij zei niks maar zijn houding was straf genoeg. De greep van Manu hielp zeker mee.

'Vanwege uw moeder en Maria haar vader zal ik maar één mis rekenen…' fleemde de pastoor.

'Dieu, gij zijt een toffe vent,' zei de Roste.

'… als ge dat vloeken mocht laten.'

'Ziet ge mij miljard de dieu al vloeken?' vroeg de Roste toen ze later buiten de kerk stonden. 'Nee, vlammende godverdomme, ik zou dat nooit peinzen,' repliceerde Manu. Samen gierden ze het uit.

Op de trouwdag trok iedereen om negen uur naar de mis. Manu als een pauw, met zwart kostuum geleend van de brouwer. Maria droeg een zwarte jurk met hoed. Precies een ekster, dacht Sara.

Maria met haar ouders, broers en zussen. De Roste met zijn bloedverwantenleger. Sara en Manu.

De kieviten baltsten, de stieren hosten strak over de weilanden achter koeienuiers. Het was een zonnige dag.

Het trouwfeest werd na de mis bij de Roste thuis gevierd. Ze hadden een varken geslacht. Bouillonsoep, varkensrib, compote en als dessert fruit. Meer moest dat niet zijn. Dansen en klaveren troef. Er werd gewalst. De tafels werden bijeengeschoven om te kaarten. 's Avonds vielen ze zonder bier. In stoet trokken ze met de hele hoop te voet naar Vrasene. Ze stopten bij elk café. Maurice, met zijn trekzak, trok mee. Olé pistolé.

Vorige week, op kerstnacht, verscheen Emmanuel vanuit het niets. Gelijk een duiveltje uit een blikken pot. Ik had hem een hele dag gezocht en wou hem vertellen over Maria. Dat ze geen goede vrouw was. Dat hij beter af was met mij. Wie kon er beter voor hem zorgen?

De nachtmis was amen en uit. De pastoor had zijn zeg gedaan. Ik had mijn gebed gebeden. Mijn knieën waren verweekt van het lange steunen. Na de kerkdienst stroomden de straten leeg. Op kerstnacht drinkt ge u geen stuk in uw kloten. Ge spoelt uw gat in de lampetkan, prevelt een weesgegroetje en nestelt u op uw opgeklopte paardenharen matras. Een koude damp zuchtte. De maan zaaide een kleur gelijk gelige rijstpap. Ik voelde iets maar wist niet wat. Onze parochiekerk met zijn miezerige steunbeertjes, zijn waterspugers en een friesje links of rechts, stond te pronken tegen de nachtlucht. Ik wandelde naar huis. Alleen. Wie praat er met een zwarte weeuw? Mij niet gezien. De wind schuurde langs mijn neus, tegen mijn wangen tot achter mijn oren. Vanachter de hoek kwam een rijzige man. Schielijk. Met kordate pas. In een bleek slaapkleed met een stevig touw rond het middel. Met wuivend haar, blond, een baardje en een snor. Een verschijning, zo midden in de nacht.

'Wilt er iemand in mijn armen knijpen?' riep ik. Zo gaat dat met dromen in 't echt. Een held. Een koene paladijn, edelmoedig en gul. Ik smolt op mijn chocolaten benen. Was dat ons Heer? Ik twijfelde niet en riep iedereen naar buiten, kloppend op de deuren, tegen de ramen. 'De Messias is hier. Leg palmbladeren op de straat.' De deuren werden op een kier gezet, de blaffeturen openden zich. Mijn buurvolk stroomde stilletjes op straat. Ze stonden daar met een sjaal rond hun lijf en slapers in hun ogen.

'Wat is er Sara? Hebt ge lucht in uw kop?'

'Kijk daar. Ons Heer op de rijweg.'

De fiere man in slaapgoed knikte naar mij. Vriendelijk. Hij zwierde kushandjes naar de meute. Precies koningin Astrid. Ik knielde en boog mijn hoofd. 'Niet kijken. Ge gaat verblind geraken,' riep ik tegen de buren en ik kneep mijn ogen dicht.

De stappen stopten. Er ritselde dikke katoen. Een hand streelde mijn kin en hief mijn hoofd op. Ik herkende die hand. De hand van mijn Emmanuel. Hij stond voor mij. Blootsvoets op sandalen in het putje van de winter.

'Wat gaan we nu krijgen? Is het Vastenavond?'

Hij legde zijn vinger op mijn lippen. Ik knikte. Meer kon ik niet doen. Van danige warrigheid.

De stilte in de straat kreeg een duw door geruis vanachter de hoek. Diep. Gezangen en tamtam vanuit de klei. Muziek uit lang vervlogen tijden. Vanachter de hoek stapten ritmeslagers, mannen én vrouwen met lange donkere baarden. Hun slagwerk wringend op dikke beestenvellen. Ze droegen een deftig kostuum. Buishoeden, een wit hemd met boord, ondervestjes, een billenkletser. Een hoopje studenten dat zich eens goed liet gaan, dacht ik. Klootjesvolk met een sigaar, voordat papa hun een plaatsje gaf op het ministerie. Mis! Het waren geen boekenwormen. Het was geen verkleed bal. Hun properheid botste met cowboybotten onder hun pak. Anderen hadden indianenbenen met mocassins, een pluimenhoed of een masker van zilverpapier.

Emmanuel richtte zich naar de troep. Hij tikte met een zweep. De cadans werd strakker, strenger. Emmanuel, de circusdirecteur, liet de stoet dansen zoals hij danste. Toerlaba's, krawietelingen, duikelaars.

'Emmanuel, wat gaan we nu krijgen?'

Emmanuel negeerde me en tertte voort. Hij had stopsels in zijn oren, leek het. Ik riep hem toe wat ik al de hele dag wilde zeggen tegen hem. Over Maria. Dat het geen goede vrouw was. Dat ik ging zorgen voor hem.

De stoet trok verder. Een oervolk dat uit de verdoemenis was gekomen. De dansers werden meer uitgelaten, uitdagender. Doet ge niet mee met onze tocht naar de verdoemenis, leken ze te vragen. Ze deden kunstjes om ons mee te lokken gelijk die rattenvanger van dat Duits dorpje. Jonglerend met vuurbollen, trapezeslingerend in de bomen, vuurspuwend gelijk een duivelse draak. Ziet ge mij al aan de lantaarnpaal hangen met mijn benen in de lucht? Ze trokken aan mijn mouw. 'Toe, komt mee, ge zijt een toffe pee.' Mijn buren lieten zich meeslepen. Mee met de processie van mijn Emmanuel.

Met een slag op de grosse caisse sprongen mijn trommelvliezen. 'Emmanuel, Emmanuel, gij zijt onze gezel, met uw olifantenvel, uw proper klokkenspel.'

Een groot buffelbeest verrees in de optocht. Een kolossale kop, een mond om kindjes op te slokken. Uit zijn muil kwam een walm, een stinkend stooksel. Zijn vel hing op een skelet van stijve beentjes. Hij zwierde met zijn hoofd van links naar rechts alsof hij *heel het opgelopen volkje wou verzwelgen. Dikke drollen vielen uit zijn gat. Bruine hopen gegraasde gazon. Ik bukte mij omdat het beest mij wilde grijpen met zijn koeientong. Het slijm spetterde tegen de gevel achter mij. De bizon keek al naar de andere kant voor een volgend slachtoffer. Hij dreunde voort. Achter zijn stoet. Achter mijn Emmanuel. Een strontraper sloot de optocht.*

Toen was het stil. Ik stond alleen op straat. De wind was ijskoud.

Na het incident met kleine Gilbert bleef Manu bij de rootput staan. Hij zocht het ijs af. Zijn handen diep in zijn zakken. Zijn gedachten ergens anders. 'Moeder, godverdomme moeder. Hoe voelt ge u daar onder de stukken ijs?'

'Manu, gaat het?' Wilfried was achter Manu aangelopen en kwam naast hem staan. 'Ligt er nog een jong in de rootput?'

'Dat is niet om te lachen, Wilfried. Kom, 't is hier veel te koud.' Manu legde zijn arm op Wilfrieds schouder en duwde hem in de richting van de huizen.

Het dweilwater rolde gelijk golven uit het café. Monique keek vanachter haar bovenvenster hoe de oudste zuster met een trekker het vuil wegspoelde. De andere zusters riepen hun kinderen naar binnen voor de grote schrobbeurt. De rauwe rook stoomde uit de schoorstenen. Wilfrieds moeder steef de stoffen servetten. De facteurs hadden zich geschoren en sprongen op hun fiets om 'eens goeiedag te zeggen' in het dorp.

Wilfried spoelde geschilde aardappelen, aan de vriespomp. Hij poetste met zijn blauwe handen de poldergrond uit de patatogen. Zand schuurde de darmen maar een strand tussen je tanden verbrodde de nieuwjaarsmaaltijd. Wilfried at graag gestampte patatten. Smeuïg. Met een korstje.

Schil aardappelen. Snij ze in kleine stukken. Kook de aardappelen zeker lang genoeg in zout water. Giet ze af. Laat de aardappelen even tot rust komen. Doe er een blok reuzel, een geut melk en een eierdooier bij. Hoe meer ei hoe geler. Stoof op. Stamp de aardappelen fijn met een stamper. Een gestoofd ajuintje en reepjes spekjes zonder zwoerd maken meer smaak. Kruid af met peper, zout en nootmuskaat. Proef. Het is alsof een engeltje op uw tong een plat kakske legt. Verdeel de puree in een ovenschaal, bedek met chapelure en leg er hier en daar een klein klontje boter op. Zet de schaal voor een halfuurtje in de oven.

Wilfried stak zijn vinger in de grote kom patatten en proefde. Een beetje meer reuzel. Misschien wat nootmuskaat. Wilfried schraapte met de rasp tegen de muskaatnoot. Hij moest opletten dat hij zijn vingers niet schaafde. Wilfried hoorde kinderen tegenspartelen en krijsen. Goesting om in bad te gaan hadden ze duidelijk niet. Maar dat hadden ze nooit. Wilfried vroeg zich af waarom de moeders daar zoveel tijd in staken. Het was elke keer hetzelfde spel. Vorige zomer kwamen de grootouders. De zusters hadden wreed hun best gedaan om een propere indruk te geven. Ze hadden boterkoeken gekocht en serveerden die met echte koffie. Het moest niet elke dag gebrande cichorei zijn. De kinderen waren geschrobd en verschoond. Alleen hadden de zusters een halfuur te vroeg hun kroost proper gezet. De kleinste kinderen hadden in een plas modder gespeeld, de oudste jongens wormen naar elkaar gesmeten, de meisjes zaten nog voorbeeldig voor zich uit te kijken tot de jongens ook naar hen smeten. Een regelrecht gevecht in snottebellen en slingers en slierten. Een catastrofe toen de grootouders aankwamen.

Elke zondag had de familie de hoop dat ze proper in de kerk zaten. Maar met het vuil onder hun nagels kon je een gans plankier invoegen. Met het zand in hun haar kon je een zandbak vullen. Met het gras achter hun oren kon je een voetbalveld verpotten. Met de schimmel tussen hun tenen kon je dikke boterhammen beleggen. Ik leef naast viezigheid, dacht Wilfried. Een mesthoop, een zwijnenstal.

Maria voelde haar onderlijf wringen. Het ongeboren kind klauwde precies met zijn armen om zich heen. Wilde het naar buiten? Wou het meefeesten? Wou het zijn vader kietelen? Of zijn grootmoeder wurgen?

Maria hoorde bij de buren kinderen drammen en moeders vloeken.

'Ik wil niet proper zijn.'

'Als ge u niet wast zullen uw oren eraf vallen, uw tenen beschimmelen en uw fluit zal purper uitslaan.'

'Waarom?'

'Daarom. Vuil, smerig ventje.'

September 1919. Ik zette onze Emmanuel aan de schoolpoort af. Het kleine ventje keek zijn ogen uit. Hij schreide tranen met tuiten. Hij scheurde zijn hart uit mijn zieltje en wrong zich los uit de handen van sœur Adelbertha en krawietelde terug naar mijn rokken. Ik keek een beetje hulpeloos rond. Moest ik hem opnieuw onder mijn vleugels naar zijn nest laten vliegen?

De zuster trok Emmanuel van tussen mijn plooien en nam hem mee naar binnen. Ik bleef buiten staan aan de poort en verroerde me niet meer. Ik volgde hem in mijn gedachten. Ik zag hem voor mij en kroop in zijn hoofd.

Sœur Marie la Providence deed haar ronde in de klas. Controle van luizenkoppen. Elk kind moffelde zich weg. In schriftjes, of tussen de lijntjes van een straf verhaal. Tegen de kast, achter de stoof, tegen de muur, onder de kaart van Belgisch Kongo. Het balatum krulde zijn tenen. De boekentassen staken vlug de pennenzakken onder hun leren vleugels. De inktpotjes floten de aftocht en de pennen krasten de mars. De zwarte matrone beende met denderende stap door de klas. De billen van de zuster draaiden en rolden. Haar priemende ogen keken elk hoofdje na, vanaf een afstand, gelijk een buizerd die muizenissen verzamelde. Rood, dood vlees. 'Emmanuel Wild West Bill' trok zijn passer, en zag zichzelf in haar nek springen zoals rodeorijders op een dolle stier. Zijn beentjes spanden zich rond de nek van het dier. De passer in de hals gaf vastigheid. Het bordstof waaide op. Langzaam ging het rund door de knieën.

Tussen de middag wurmde Emmanuel zijn boterhammekes met salami naar binnen. Het kind naast hem had gelei van peren. Een ander kauwde met droge mond een stoofappel. De rouwkapel was omgetoverd tot refter. Rij aan rij, in hun lichtblauwe schortjes van geruit katoen zaten de dutsjes mooi rechtop. Handen boven tafel. Zo kregen ze geen verkeerde gedachten. Maar averechtse bedenksels kunt ge niet te-

genhouden. Vanuit de brooddozen steeg een melodi-
euze psalm op. Het geklaag van witte boterhammen,
versgesneden, die ook graag eens buiten wilden spelen. De dozen klepperden met hun deksel en nodig-
den ten dans. Allee hop. De kinderen sprongen op,
stelden zich recht, neus in de lucht. Het keteldeksel
van de snottebellensoep gaf de maat aan. Eén, twee,
allee hop. Zie ze draaien in 't rond. Op, over en onder
de tafel, onder de lampen die zacht mee neurieden.
En nog een keer. Sneller en sneller tot het zot in de
kinderkopkes smeuïge boter werd. Sœur Adelbertha
duwde een kar door de gang van zwierige kinderlijf-
jes. Haar zwart kleed draaide mee. Een kauw tussen
vallende blaadjes. De boterhammen, met of zonder
beleg, spelen 'één, twee, drie patat'. Met een pollepel
schepte de non overdadig de mokken vol bouillon.

'Hoeveel oogballetjes wil jij in je bord, lieve jongen.'

Emmanuel schudde zijn hoofdje. 'Nu niet, zuster.
Nu niet.'

Voor Emmanuel geen oogballetjes, geen oren en
poten, geen hazenvlees. Niet van de zusters en hun
God. Niet van het kasteel en zijn brouwer.

's Avonds stapten de kinderen één voor één door de
schoolpoort. Hun knuistjes in een groot mensen-
hand. Het regende. Emmanuel zag de speelplaats

veranderen in een zee. Hij stuurde zijn roeiboot de koer op. Het zeewater pletste in de sloep. Emmanuel keek stoutmoedig om zich heen. Elk moment kon een orka van onder de dalstenen opduikelen en met opengesperde muil zijn been beetpakken.

'Emmanuel.' Ik riep vanaf de kustlijn. 'Kom, we gaan naar huis. Ge ziet zo bleekjes. Wat zit er nu in uw hoofd? Toch geen zotte gedachten?'

De kleine hand kneep zachtjes de grote. De mijne.

Manu had de kip aan Georgette gegeven. 'Kunt ge het kieken koken in het badwater van uw kleine mannen?' lachte hij. De kip bleek bevroren na een nacht buiten hangen.

Georgette zette een kuip water op en gooide er zout, peper en gepekelde groenten bij. Van het sop kon ze nog een lekker soepje koken. Na een uur borrelen viel het vlees van de botten. Het vocht leek op mist. Met een schuimspaan haalde ze het vlees uit de pot.

Het maken van bladerdeeg is helemaal niet moeilijk. Het deeg is een 4-2-1 deeg, dus vier delen bloem, twee delen boter en een deel water. Plus extra boter om de laagjes te maken. Een beetje zout toevoegen. Roeren totdat een deeg ontstaat dat aanvoelt als broodkrui-mels. Daarna koud water.

Dat was geen probleem. Georgette klopte het ijs van het water.

Het mag er best wat 'rommelig' uitzien. Dicht-vouwen en op een koele plaats leggen. Wel afdekken, want het deeg mag niet uitdrogen. Na dertig minu-ten weer uitrollen. Bedekken met een dun laagje bo-ter. Dichtvouwen.

Georgette herhaalde dit een viertal keren. Of vijf, het maakte niet uit. Maar zeker niet minder dan vier. Bij de laatste keer rolde ze het deeg uit in de gewenste grootte. Ze gaf het de vorm van twee grote vol-au-vent-koeken.

Zeker het deeg niet indeuken, want dat bescha-digt de laagjesstructuur. Snijden met een scherp mes, en in één snelle beweging, om die structuur zo min mogelijk in te drukken.

Het stond allemaal in *Ons Kookboekje* uit 1928 van de Belgische Boerenbond.

De gelagzaal kwam opnieuw tot leven. De tierlan-tijntjes werden opgehangen. De slingers en serpen-tines draaiden zich rond als pielewuiters aan de lam-pen. De schotels werden in de oven gestoken. Het bladerdeeg moest gebakken worden. De zusters van Monique hebben er uren aan gefrotteerd, gedraaid en gewikt en gewogen. De nieuwjaarsbrieven werden opnieuw herhaald. Eén hapering en je kreeg geen cadeau. De oudste meisjes luisterden naar de jongste kinderen, die hortend hun zinnen afhaspelden.

Anderen knipten sneeuwvlokken uit gazettenpapier. Dickens zou feestelijk op zijn blote knieën rondkruipen voor zo een schoon tafereel.

We laten de camera van bovenaf, tussen de gure wind en de wolken die sneeuw aan het verzamelen zijn, inzoomen op de rij huizen. Het is stil op de weg. Ge ziet her en der en ginds en verder families naar andere families op de baan stronselen.

Zijn er vogels die in de lucht klimmen? Kalkoenen die gebraden worden? Konijnen die niet uit hun eigen hol durven te komen? Schrik om vlug gepakt te worden door een stroper die ergens voor een nieuwjaarsgeschenk gaat zorgen.

Manu stond opnieuw bij de rootput. Het was sterker dan hemzelf. Hier te staan met zijn handen diep in zijn zakken, zijn kop een beetje naar beneden tegen de gure wind in. Het vel op zijn kaken craqueleerde van de kou. Zijn glazige blik versteende op het bevroren water. Hij had het gevoel dat zijn moeder stukken uit zijn kop knaagde met kleine venijnige tandjes gelijk een rat bij een dood konijn. Zijn moeder scheet gedachtekeutels dat het niet schoon was. Herinneringen verteerd tot rattenstront. Hij voelde haar strelende hand, ruw van het eelt, in brokken uiteen spetteren.

'Moeder, ben ik zot aan het worden? Of is het uw dwaasheid die mij stilletjes aan het opstoken is? Hier. Tussen mijn oren.' Hij hield zijn hoofd tussen zijn handen.

In het voorjaar brandde een zijbeuk af van het kasteel van brouwer Maes. Het was nodig. Mijn Emmanuel klaagde over de bierman met stierenkloten die elk jong meisje over zijn knie trok. De onbeschaamde vent die Emmanuel belachelijk maakte aan hun poenige tafel met hazenvlees, die hem als een ordinaire portier gebruikte en in de armen dreef van de slonzige Maria.

De bemorste broedplaats van verderf moest uitgerookt worden. Ik zou een hitsige fakkel steken in de brouwer zijn gat en madam Maes haar ogen laten smeulen als vurige kooltjes.

Ik sloop bij Nacht und Nebel naar het achterdeurtje. Emmanuel had een oude loper bij ons thuis laten liggen. Krik, krak, deurtje open. Ik zocht in het washok enkele lorren bijeen, drenkte ze in nafta en stak ze aan. Gelijk een lont aan een busje kruit, sputterend links en rechts. Vuurvliegjes dansten rondom rond. Vlammen likten aan de lakens zoals kinderentongetjes aan een suikerspin.

Ik was een wraakgodin die vuur spuide. Rechtvaardig en rechter. De helleveeg met de blijde boodschap. De furie met een koninklijke tijding. Maak plaats, maak plaats. Emmanuel komt eraan. Hij zou de wereld bevrijden van wulpse teven gelijk Madam en loopse beren gelijk Meneer. Heil aan de nieuwe koning. Heil aan onze god. Mijn Emmanuel.

Ik spurtte het washok uit toen de vlam het haar van mijn benen schroeide. Deurtje open, deurtje dicht. Krik krak, krak krik. Weg in het pikkedonker. Ik onderdrukte een droge keelhoest.

Toen de bluswagens verschenen en veel volk de vlammenderijen met oh's en ah's vereerde, keerde ik terug. Helpen deed niemand. Waarom zouden ze? De brouwerij zelf stond niet in vlam en dus was het bier veilig. Geef het volk eten en het stopt met mekkeren, mieren en zeveren. Geef het volk drank en het zwijgt.

De brouwer stond in de vuurgloed samen met zijn madam. Zij in haar negligé, hij in zijn geruite peignoir met bontkraag. Zij huilde. Hij sloeg zijn arm over haar schouder.

Ik zag dat het goed was. Emmanuel kon tevreden zijn over zijn moeder. Aan mijn Emmanuel raakt ge niet.

De kachel snurkte zacht. Maria bekeek de kinderen aan de stoof. Ze luisterde naar vrouwen die over mannen keuvelden.

Luistervinken en niks horen. Kijken en geen moer zien. Maria dacht aan Manu. Ze zag hem enkel op het netvlies in haar beide oogbollen. Dwaze gedachten in haar hoofd. Godverdomme, ze was zot van hem. Liefde maakt blind gelijk een otter. Stond hij opnieuw buiten naar een klomp schuifijs te staren, dacht ze. Zou hij het ijs willen gebruiken als blokjes in zijn jenever? Zat hij liever alleen in de gure wind in plaats van hier bij mij? Manu deed raar. Waarom? Zag hij haar niet meer zitten? Wat stookte er in zijn kop? Sara? Die was nergens te bekennen.

In de verte kwamen de drie facteurs aangefietst langs de kerkwegel. Gentil, Désiré en Arsène. Driekoningen op hun ijzeren ros. Caspar, Melchior en Balthasar met een goed glas op. Er was geen zwarte bij en rijk waren ze ook niet. Ze hadden geen ster en geen kamelen. Maar ze zongen zoals monarchen, maar dan zonder koninkrijk. Hun stem zat diep, ergens in hun kuiten, in de gedistilleerde drank. De sneeuw en de wind dempten hun timbre.

'En gij sterre, gij moet er zo stille niet staan. Kyrie eleison gratia.' Bij de kyrie eleison moest de stem naar omhoog klimmen. Maar de facteurs zongen niet in een engelenkoor en waren geen castraten. Ge zoudt het hun eens moeten proberen zeggen. Een mot op uw bakkes zoudt ge krijgen.

'En gij moet er met ons naar de vlooienroot gaan,' vulde Désiré aan. 'Ave Maria. In die schone huizen, waar Maria met haar klein kindeke zat.'

Arsène mompelde: 'Zou Maria zwanger zijn?'

Désiré antwoordde: 'Ik heb haar niet gekregen, ge moet Manu passeren.'

Gentil zei: 'En daar begint gij niet aan.'

In hun vettige lach zongen ze samen: 'En waarom ziet er één van de drie zo zwart? Ziet hij er zo zwart? Hij heeft in zijn broek gekakt.'

Héél de root kwam buiten. 'Moet ze zien. Nieuwjaarsbrieven aan het ronddragen?'

'Dat we ze nog lang "mogen mogen",' riep Désiré.

'"Willen willen" bedoelt ge zeker,' lalde Gentil.

'En "kunnen kunnen"?' vroeg Arsène. 'Het zou zonde zijn als we wel willen maar niet mogen.'

'Als ge op mijn leeftijd zijt, moogt ge wel maar kunt ge niet meer,' voegde Gustje er aan toe. Hij keek naar de grond. Monique gaf hem een stampje met haar voet.

'Ewel broekschijters. Wie gaat zijn nieuwjaarsbrief schoon opzeggen?'

'Of wilt ge mijn brief van gisteravond nog eens horen?' vroeg Gentil. Alle kinderen joelden.

Georgette keek stuurs genoeg om Gentil zijn nek in te laten trekken. 'Allemaal binnen bij Monique. We gaan eraan beginnen.'

Binnen werden de stoelen aan de kant geschoven én een grote kring gemaakt. De kleinste kinderen kropen op schoot bij hun moeder, de grotere keken stoer rond. Eén voor één, met bibberende stemmetjes, met knikkende knieën en zwetende handjes droegen ze hun brief voor. Voor hun ouders. De één met een vollere stem dan de ander, maar allemaal met een krop in de keel. Als kleine welpen werden ze voor de leeuwen gesmeten. In een dampige, rokerige kamer. Vaders volgden met bergen trots het recital van hun kinderen. Moeders eisten liefdevol stilte toen hun kind een vredeswens koesterde. De kinderen hoopten op goedkeuring. Ze wensten erkentelijkheid. Ze verlangden naar rust, warmte en een buik vol eten. Elke keer dat een kind zijn brief voorgedragen had, volgde enthousiast handjesgeklap. Moeder haalde een groot peperkoeken hart boven, gaf het aan vader, die het aan zijn kind gaf.

'Peperkoek dat zal mij smaken,
Hoe moet ik daar nu aan geraken
Met een beetje sterke drank
Petrus, ge zijt bedankt.'

Maria hoopte dat binnen een paar jaar ook haar zoon een nieuwjaarsbrief met een wens van een schoner leven voordroeg. Ze keek rond en zag Manu niet. Ze zag ook de moeder van Wilfried rondkijken. Waar was Wilfried?

'Waarom staat gij nu al twee dagen aan de rootput te draaien?'

Wilfried riep Manu van ver aan. Hij ploegde zich een weg achter de tuintjes. 'Ik zie u ronddraaien zoals een hond aan een pisplek. Zijt ge iets verloren?' Wilfried strompelde over een hoopje aarde, verscholen onder de sneeuw, en stuikte voorover.

'Hemel lief. Waar ben ik aan begonnen?' mompelde hij tegen zichzelf, de sneeuw uit zijn mond prutsend. 'Moet ik altijd de redder des Heren zijn? Verdomme. Kan God niet zelf zijn schapen op het droge helpen?'

Wilfried kroop overeind en riep: 'Kan ik je bij iets helpen?'

Manu reageerde niet. Hij bleef naar het ijs staren. De wind waaide sterk, strak en koud. 'Of zijn we niet goed genoeg, boerenzoon van kust mijn kloten?' Wilfried murmelde tegen zichzelf. 'Sinds gij hier in de vlooienroot woont, is het hier één zottenkot. Vroeger was het simpel: in de week gingen de kinderen naar school, de vrouwen wachtten, al koutend, op de mannen en 's zondags naar de kerk. Mijn moeder zat rustig in haar schelp. Gust kapte klompen en Monique lachte naar mij.' Wilfried ging verder langs de kerkwegel.

'Ik geloof in God, de almachtige Vader, Schepper van hemel en aarde.'

Aan de akker sprong hij over een beekje. Maar één oog op Manu gericht en de ander in de sloot bleek moeilijk voor Wilfried. Hij schoof door de mengeling van ijs en graszoden in vorstige prut.

'Zijn enige Zoon en geboren uit de Maagd Maria, verdomme.' Wilfried stond stil en riep naar Manu. 'Manu, wat staat ge daar als een zoutpilaar te blinken. Zoudt ge mij niet helpen?'

Wilfried kroop uit het water en wroette zich verder over de akker, door het ijs en de sneeuw, trekkebenend met zijn ene voet. Hij voelde de koude drab in zijn schoen schuiven.

'Alles is deftig veranderd sinds gij hier woont. De tram boycotten, de kinderen zottigheden vertellen, Gust naar Monique leiden en nu een groot feest opzetten waar ge zelf niet bij wilt zijn.'

Wilfried ademde zwaar. Het rozenhoedje afratelen, terwijl hij de akkers van God ploegde, verliep moeizaam. 'Ontvangen van de Heilige Geest, die geleden heeft onder Pontius Pilatus. Iedereen luisterde naar God. Maar sinds dat gij hier zijt, zijn ze alleen nog met hun eigen bezig en niet meer met ons Heer.'

Wilfried kwam bij Manu aan en ging naast hem staan. 'Wat zijt gij daar aan het kijken in dat ijs? Kijkt het misschien terug naar u?'

Wilfried volgde de blik van Manu. IJs, rotte bladeren, vuil water, witte strepen. 'Ik zie niks!'

Wilfried dromde dichter bij Manu. Schouder tegen schouder tuurden ze in het ijs van de rootput. 'Kijkt daar iemand naar ons vanuit die put?' Wilfried duwde tegen Manu om een beter zicht te krijgen. Nog dichter. Hij had daar toch iets gezien? Maar wat?

'Laat mij eens beter kijken. Wat is dat daar?'

'Wat zegt ge?' Manu voelde plots, vanuit een droom, de aanwezigheid van Wilfried en keek naar hem. De zinsbegoocheling verdween bij Manu.

Wilfried drong voor Manu aan de rand van de put. Minutenlang stokstijf staan in de ijzige kou en de nieuwsgierigheid van Wilfried haalden Manu uit evenwicht. 'Helaba, manneke. Wat gaan we nu krijgen?' Manu grabbelde naar houvast. Wilfried dacht dat Manu hem een oorveeg ging geven en bukte zich. Manu struikelde en viel plat op zijn rug.

'Hé kwezel, moet ik u eens vaststekken?' riep Manu, liggend op de grond. 'Ge zult niet weten hoe ge uw gat moet keren. Uw oogbollen zullen uw eigen rug wassen.'

Wilfried plaatste zijn benen een beetje open, trok zijn neus op en hield de adem in. Hij voelde zijn kloten onder zijn oksels kruipen. Dat stond misschien ongemakkelijk maar het maakte indruk.

'... gekruisigd, gestorven en begraven, en nedergedaald ter helle.'

Manu keek naar het haantjesgedrag. 'Ge peinst dat ge de grote chef zijt. De grootste lul met de stoutste muil. Waar moeit ge u mee. Ga naar uw moeder.'

'Van onze huizen blijft ge af,' blafte Wilfried, zichzelf op een kansel wanend. 'Hebt ge mij verstaan? Of zit er geitenkaas in uw oren?'

'Waar zijt gij over aan het zeveren? Ik sla uw bakkes toe. Ik geef er een ferme mot op.' Manu kroop recht en ging voor Wilfried staan.

'Ge moet van onze huizenrij afblijven.' Wilfried duwde tegen de schouder van Manu.

'Gij moet van mij blijven.' Manu stompte terug.

'De derde dag verrezen uit de doden, opgestegen ten hemel, zittend aan de rechterhand van God.'

Manu bekeek Wilfried. Nog een godsgek, dacht hij. 'Nu kunt ge beter in huis gaan. Hier gaan anders ongelukken gebeuren.'

'Wie gaat ge daar voor meebrengen? Uw moeder?' Wilfried spuwde zijn woorden uit.

Manu keek naar Wilfried. 'Moederskindje, ik breek elk been, ik kraak elk bot in uw lijf. Ik steek de fik erin. Ge gaat in mijn ogen kijken en smeken om compassie. Kijk in mijn ogen!' De opgekropte razernij van de laatste dagen deed zijn vel gloeien. 'Vetzak, klootzak, zaksken stront, zaksken pis, kak en snottebellen, zaksken van kust mijn kloten.'

'De almachtige Vader zal oordelen over levenden en de doden.'

'Ik verwittig u niet meer.'

Wilfried haalde uit naar Manu met zijn knokige armen. Een gat in de lucht. Manu bukte zich en sloeg vlak in het gezicht van Wilfried.

'Godverdomme.' Wilfried viel achteruit op het gebarsten ijs van de rootput. Manu, buiten zijn zinnen, sprong achter Wilfried, ging schrijlings op hem zitten en greep zijn keel.

'De vergiffenis van de zonden, de verrijzenis van het lichaam en het eeuwig leven,' murmelde Wilfried. Hij wriemelde zich in bochten en haken om uit de greep van Manu te komen.

'Zoals het was in het begin en nu en altijd en in de eeuwen der eeuwen,' voegde Manu eraan toe. 'Pilaarbijterken van mijn oren.'

Ze hijgden in elkaars gezicht. De oogbollen tastten de tegenpartij af en probeerden te kijken in elkaars ziel. Onbehouwen onnozelheid tegen de betoeterde onverzettelijkheid.

'Amen,' fluisterde Manu en hij duwde zijn handen harder tegen de keel. Zijn vingers kleurden blauw van de kou en rood van de druk. Wilfried hijgde. 'Manu, waar zijt ge mee bezig?' Zijn handen sloegen op het hoofd van Manu. Harde, droge vuisten. Manu wendde zijn hoofd af. Zijn blik werd getrokken door bewegingen onder het ijs. Het leek of een horzel hem stak want hij loste bruusk zijn wurgende greep. Hij keek terug in de uitpuilende ogen van Wilfried. Wilfried hoestte, krochte en rochelde.

'Uilskuiken,' vloekte Manu. 'Wat ligt gij hier te doen?'

'Mij laten wurgen door u. Ik keek hier al een tijdje naar uit,' kuchte Wilfried.

'Doe niet onnozel. Wat doet gij hier?'

'Ik kwam zien wat gij hier zocht in het ijs.'

'Ik? Zoeken? Niks.' Manu zette zich recht en klopte het ijs van zijn jas. 'Wilfried, ik wou gewoon eventjes alleen zijn. Die winter duurt lang, dat ijs hangt mijn keel uit.' Hij greep een handvol sneeuw en gaf het aan Wilfried. 'Veeg het bloed van uw smoel. Ge zijt precies geslacht.'

'Door wie peinst ge?'

'Ik weet het, Wilfried. Maar zijt gerust. Wij eten elkaar niet op, wij slachten elkaar enkel af.'

'*Daar kan ik van meespreken.*' Sara zeurde vanuit de rootput in Manu zijn hoofd. '*Met een botte spade mij het hoofd afsteken.*'

'Laat mij een minuutje alleen, ik kom meteen naar het feest,' Manu draaide zich naar de rootput.

Wilfried schudde zijn hoofd en vertrok naar de rij huizen. Met één hand depte hij zijn bloedneus.

De koude wind veranderde de wangen van Manu in een roodgeaderd breiwerkje. Bloedvaten klopten in zijn hals. Pieren, kronkelend vol bloed. Hij schuifelde naar de achterdeur van Monique. Zijn schoenen vol moed en modder. De muziek uit de Ondolina 432 kraakte tot in de moestuin.

Begin december 1933. Ergens in de haven. De zware wagen, getrokken door natiepaarden, rolde door een sneeuwgordijn naar de kade. De hoeven proefden gladde kinderkopjes, de banden knerpten in het dikke pak sneeuw. De damp uit de muil van de trekpaarden parelde bevroren aan de snorharen.

'Jutom. Jutom. Ho.' Een gure wind toomde de paarden moeilijk in. Integendeel. Schuiven, schaatsen en 'Ho'. Ze stopten na slippende manoeuvres aan de walkant. Een laatste lading voor Amerika voor het vrachtschip Majestic. Grote kratten volgestouwd met solide muziekmachines. Er ging niks boven de SBR-radio. De Société Belge de Radio leverde al jaren materiaal aan de Amerikanen. Die gasten moesten toch kunnen luisteren naar hun hoorspelletjes of hoe Greta Garbo haar nagel verzwikte over een koninginnenrol.

Door de koude was het niet haalbaar met de kraan de kisten in het ruim te hijsen. Het vet tussen de katrollen stond versteven stijf. Het was wachten op dokwerkers. Werkers genoeg. Maar waren ze deugdelijk? De werkloosheid ademde met dikke teugen over de haven. Werk te weinig, volk te veel. Drank was een uitweg om je honger te stillen en het geween van de kinderen niet te moeten horen. Tot je glas leeg was. Op de kade zochten ze werkvolk dat betrouwbaar was, niet te veel zoop en niet te afgepeigerd was om op de smalle loopbrug met kisten te sjouwen.

Manu wandelde voorbij, toevallig. Op weg naar werk op een ander schip.

'Wat zit er in die kratten?' vroeg hij aan de voorman die op werkvolk wachtte.

'Niks voor u. Als ge dat maar weet.'

'Gaan we grof beginnen doen? Schone meneer.'

'Doorlopen, zwanser. Ik vertrouw u voor geen haar.'

De voorman keek Manu een tijdje na toen hij verder beende. Manu wist genoeg doordat het logo van SBR op de kratten geschilderd stond. Eén krat stond een beetje open. Een lichte koevoet zou voldoende zijn om het krat meer te openen en er één radio uit te nemen. Meer zou niet mogelijk zijn door het dichte lattenwerk dat de kisten bijeenhield.

Manu zag de voorman naar het depot stappen om zich te warmen aan een vuurkorf.

Vijf minuten later stond Manu met een koevoet aan de kratten. De opening gaapte wijd. De ene radio was er reeds uitgehaald.

'Godverdomme. Vuile profiteurs,' zei hij hardop. Manu ergerde zich aan zijn eigen traagheid. Hij schopte tegen opwaaiende sneeuw en klopte met zijn klak tegen het hoofd. Hij zag niemand verdacht met een kist rondlopen. 'Dieu.'

Bij de Roste, die een schip verderop aan het lossen was, kon hij zijn ergernis kwijt.

'Miljard de dieu. Er heeft iemand onder mijn duiven geschoten. Een schone radio lag zo voor het rapen.' Manu vertelde over zijn buitenkans.

'Wacht,' zei de Roste. 'Eén van die pennenlikkers op het bureau zal het geweest zijn. Die weten wat er komt en gaat. De duivel moet niet altijd op dezelfde hoop schijten. Wij mogen ook meeprofiteren.'

De Roste stevende direct naar het bureau.

'Moet ge nu wat weten? Het is hier grote controle. Het blijkt dat er een radio gestolen is uit één van de kratten. De baas van de SBR komt zelf controleren. Dat is geen malse. De dokken zullen wel een tijdje stilliggen. De gendarmes zijn reeds verwittigd. Iedereen zal gecontroleerd worden.'

Niemand in het kantoor reageerde. Iedereen keek met dwaze blik, gelijk een puit op een harde wegel, naar de Roste die terug buiten ging in de vrieskou. Achter de hoek van het magazijn, aan een vuurton, wachtte hij even.

Vijf minuten later liep Manu op de kade langs de radio's. De SBR-radio lag opnieuw in het krat. Manu keek rond, greep vlug zijn muziekdoos en liep verder. De volgende dag luisterden hij en Maria naar Radio Belgique op hun Ondolina 432.

De klank uit de gelagzaal versteef tussen de bevroren takken. De bulderlach van Gentil en de ondeugende geinigheid van de vrouwen trok door de vensterkieren naar buiten. De plezierparels verkilden in de buitenlucht en vielen bedeesd op het plankier. Manu hoorde kleine Gilbert met een fijn stemmetje zijn nieuwjaarsbrief afhaspelen. Een glimlach kroop naar zijn lippen. De eerste sinds de moedermoord.

'*Amuseert ge u een beetje, klein ventje van mij?*' Manu duwde zijn handen tegen zijn oren, zodat zijn hoofd niet uiteenspatte. Dat zijn moeder hem gerust liet, alstublieft. Dat ze weer in haar rootput kroop, met haar stem die zijn hersens in duizend stukken uiteenreet. '*Kom terug naar de put en laat uw poten dansen op mijn ijsbuik.*'

Manu keek van de huizenrij naar de rootput. 'Moeder, blijf uit mijn kop.'

'*De dader van een laffe moedermoord! Degene die u 't leven gaf, zoogde en leerde lopen, om het hoekje helpen!*' Ze tierde maar door. De ijzige lucht trilde van haar woest geroep.

De deur ging open. Met een korte snok. Daar stond Maria. Precies een heiligenbeeldje in haar prieel. Hij liet zijn oren los.

'Nu moet ge toch eens vertellen wat er op uw lever ligt. Iedereen zit aan tafel op meneer te wachten. Wilfried komt binnen met schrammen op zijn gezicht. Hij zegt evenveel als u.' Maria sprak met felle stem. Het gelach in de woonkamer viel stil. Ellebogen stoten elkaar aan.

'Ge steekt een feest in gang. Iedereen loopt zot. Wij dansen naar uw pijpen. Maar u zien we niet. Ge kruipt ergens met uw gedachten in god weet welk holletje. Ge ontloopt ons van pier naar pol. En als ik u aanspreek is het een snap en een beet. Hola, mijn neus is eraf.'

Manu keek Maria aan, minzaam, en probeerde zich langs haar naar binnen te wurmen. Met alle Chinezen maar niet met deze, zouden ze op de dokken zeggen. Maria hield hem buiten, stekte hem vast bij zijn pols en trok de deur achter zich dicht.

'Allee,' hoorde ze de kinderen achter haar fluisteren, 'mogen wij niks horen?'

Maria keek Manu verbeten in de ogen. 'Is het uw moeder? Zijt ge aan haar aan het peinzen? Wilt ge terug onder haar rokken kruipen misschien? Vond ge het een beetje gezellig toen ze in mijn buik schopte? Ik heb u niets horen zeggen.'

'*Is dat niet normaal?*' klonk het vanuit de rootput. '*Een moeder moet men eren. Ik heb heel mijn leven geofferd aan het grootbrengen van mijn jong, en nu heeft hij mij koudweg van kant gemaakt.*'

Manu verstijfde. Het tafereel stond op zijn netvlies geschroeid. Zijn Maria als een zoutzak op de grond, met kneuzingen over haar hele lijf, de tranen in haar ogen. De woeste blik van zijn moeder toen zij Maria naar hem toe duwde. Nooit zou hij dat schouwspel vergeten. Zijn eigen moedertje dat zijn vrouw kaduuk sloeg. En waarom? Omdat haar godje zijn geloof in haar was verloren.

'Meneerke kropt alles op. Diep vanbinnen zit er een bom die elk moment kan ontploffen.'

'Ze is al ontploft. En laat mij nu gerust.'

'Wat wilt ge daarmee zeggen?'

'Laat los. Ze wachten binnen.'

'Laat ze wachten, die kiekens. Wanneer gaat ge eindelijk eens naar mij kijken?'

Manu keek verstomd in het gezicht van Maria.

'Nu staat ge hier als een boer op zijn akker met zijn broek vol stront.'

'Maria, ik zie u graag. Laat dat duidelijk zijn.'

'Ja, dat zal wel!' blies zijn moeder. *'Voor dat kreng hebt gij mij vermoord!'*

Maria liet zijn pols los en klopte op zijn bovenlijf. 'Maar... ik voel een duiveltje komen. Uit zijn verdomd doosje.' Ze raasde tegen de stijfbevroren velours jas. Na een aantal slagen omklemde ze Manu. Die keek haar aan. Stil. Hij volgde een rimpel aan haar ogen, wreef over haar sluik haar. 'Maria...'

'Met uw hondenoogskes moet ge het niet proberen, meneer. En met uw gefleem nog minder. Manu, wat zit er in uw kop? Ge zijt niet in uw gewone doen.'

'Dat is het toppunt! Halleluja!' schreeuwde het lijk onder de ijslaag. Maar Maria scheen dat niet te horen.

Binnen hoorden ze kinderen grinniken boven het gekraak van de radio.

'Godverdomme, laat mijn kop los.' Manu wrikte zich los uit de greep van Maria. 'De soep wordt koud.'

Hij opende de achterdeur. Het gegniffel stokte.

'Elk een gelukkig jaar. We gaan het nodig hebben.' Iedereen keek Manu aan. Gust hief zijn glas en knipoogde naar Monique. 'Een gelukkig jaar. Meer moet dat niet zijn.'

Maria wierp een blik in de richting van de rootput en ging ook naar binnen. De achterdeur maakte een jammerend geluid.

'Hoe gaan we dat regelen?' Maria stelde twee dagen voor het feest deze vraag aan Manu.

'Wat regelen?'

'De tafelschikking. Wie zit waar?'

'Iedereen zet zich neer,' repliceerde Manu. 'We eten en drinken. Voilà.'

'Ge zet u niet zomaar aan de tafel. Wellevendheid, hebt ge daar nooit over gehoord bij brouwertje Maes? De mannelijke eregast en de gastvrouw? Koppels die niet samen zitten?'

'Ben ik de eregast?'

'Manu, als de mannen samenhangen, willen ze direct kaarten. Plaats de vrouwen samen en er wordt alleen over filmsterren en kinderen gepraat. De kinderen willen misschien bij de groten zitten. De jongsten op de schoot van hun moeder of onder de tafel om veters aan elkaar te knopen, onder de rokken te gluren of te kriebelen aan nylonkousen.'

'Moet dat zo serieus?'

'Zetten we Wilfried naast Monique?' Maria keek uitdagend naar Manu.

Manu schudde zijn kop. 'Nee, dat is de plaats voor Gust. Die is de eregast.'

'Voilà, en zo moet dat voor iedereen.' Maria had haar armen voor de borst gekruist. Manu zuchtte, stuurs. Maar binnenin voelde hij fierheid voor zijn Maria.

Het moest iets speciaals worden. Maria had samen met de moeder van Wilfried in haar schoonste schoolschoonschriftschrijfsels op de lege achterkant van oude doodprentjes de namen geschreven. 'Iedereen is op het feest uitgenodigd. Ook de doden,' zei Maria. 'Die eten waarschijnlijk ook graag vol-au-vent,' lachte de moeder van Wilfried. De gedachteniskaartjes stonden als huisjes klaar op de borden. Mes en vork naast het bord, een glas aan de linkerzijde. Een stijf gestreken servet in het glas, gevouwen als een pauwenstaart.

Iedereen moest in de gang gaan staan. De kinderen gierden van de pret. De facteurs vloekten. 'Moeten wij nu terug naar buiten? Ziet ons hier schilderen in de gang, zoals bij meneer de dokter?' Iedereen stond dicht tegen elkaar. Drummend. Gust keek op naar de benen. 'Durf niet op mij trappen.'

'Maar Gust toch. We zouden wel willen, maar niet durven. Gij bijt in onze kuiten.'

Maria was de ceremoniemeester. 'Monique, gij zijt de eerste. Het is uw café.' Monique bloosde en schoof naar binnen. Wilfried zijn moeder begeleidde Monique naar het hoofd van de tafel en liet haar achter de stoel staan.

'Gustje,' zei Maria afgemeten. Gustje haastte zich op zijn handen naar Monique. Zijn stoel werd bijgeschoven. 'Ben ik de eregast?' vroeg hij.

'Nee, ze laten u rap aan tafel zitten of wij trappen nog op u.'

'Gaan we flauw doen?' Monique legde haar hand op de arm van Gust en zou hem de hele avond niet meer loslaten.

De facteurs wilden vlug bijschuiven maar Maria hield de etiquette streng. Elk moest zijn beurt afwachten. Er werd geginnegapt of verongelijkt gekwebbeld. Met een rood hoofd stapte elk naar de feesttafel, onwennig van de gekregen aandacht. De facteurs stonden niet naast hun vrouwen, maar ook niet naast elkaar. 'Hola, moet ik nu met andere vrouwen gaan kouten?' reageerde Gentil. 'Dat zal ons Georgette niet graag hebben.'

'Zijt gerust, Gentil. Ik ben blij dat ge eens met een ander babbelt,' antwoordde Georgette, 'en dat ik uw fletse dwaasheden niet moet aanhoren.'

'Houd uw manieren nu toch eens,' fluisterde de moeder van Wilfried. Ze had uitgekeken naar het feest, maar die zotte levendigheid moest niet voor haar.

'Wilfried.'

Wilfried zijn moeder begeleidde hem naar zijn plaats.

'Moet ik hier tussen de kinderen zitten?' vloekte hij. Hij keek met afgunstige oogjes naar Gust.

De kinderen voelden zich prinsen en prinsessen zoals ze naar de tafel begeleid werden.

Niemand, behalve Gust, had zich neergezet. Iedereen wachtte achter zijn stoel.

'En nu?' Désiré wilde zitten. 'Mogen we zitten of gaan we hier gelijk een slak met zout op ons hoofd uitdrogen?'

'Ge moogt zitten… als ge uw manieren houdt,' zei Wilfried zijn moeder. Ze stak een onderwijzerswijsvinger in de lucht.

'Ge kent me toch, met mijn communiezieltje.'

'Zeg dat niet te luid,' fluisterde ze. 'Gilbert gaat een raar beeld krijgen van de communie.'

'Ik? Als stichtend voorbeeld?' reageerde Gentil.

'Zoals gij 's zondags terugkomt uit de Paterskerk, zou ik toch twee keer denken.'

Maria liep voorbij Manu naar haar plaats. 'Vooruit man van mijn hart. Schiet uit uw sloffen. Dit is uw moment,' fluisterde ze.

'*Vooruit ventje. Ge wilde toch een groot feest,*' hoorde Manu zijn moeder zeggen. '*En waarom? Om uw eigen groot gelijk te krijgen. Dat de wereld nog zo slecht niet is. Dat ge uw vriendjes graag moet zien en nog van die zever.*' Manu rechtte de rug, trok zijn schouders naar achter en kuchte de kou uit zijn longen. Eerst klonk zijn stem hees, daarna steviger. 'We gaan dat hier serieus doen.'

'*Ola, serieus curieus.*' Zijn moeder gaf duidelijk niet op.

'Heeft alleman een glas in zijn handen?' Manu verhief zijn stem. De vrouwen grepen naar glazen met siroopwater en gaven ze aan de kinderen. Zelf pakten ze ook een glas. De mannen hadden reeds een bierglas in hun handen.

'Op een gelukkig Nieuwjaar,' Manu keek iedereen aan. Dat we ze nog lang mogen mogen.'

De facteurs schaterden het uit.

'En kunnen kunnen.'

'En willen willen.'

Ze zetten het glas aan de lippen.

'Een ogenblikje.' Manu keek de woonkamer rond. 'Heeft iedereen zijn nieuwjaarsbrief voorgedragen?'

'Gentil zou hem nog eens moeten overdoen, denk

ik,' fluisterde Gilbert. 'Ik heb gisteravond niet alles goed verstaan.' Er kwam een glimlachje op zijn lippen. Gentil zette zich recht, maar door de blik van zijn vrouw bleef hij zitten.

'Ik hoop, vanuit de grond van mijn hart...' Manu sprak verder.

'*Ge zoudt er worteltjes in moeten zaaien,*' fezelde zijn moeder.

'... dat we hier volgend jaar allemaal nog zijn.'

'*We zitten op de wereldbol, ge krijgt ons er niet af, en we draaien en draaien en draaien... goed zot.*' Zijn moeder kraaide in zijn oren.

'Manu, mogen we nu eindelijk eens drinken? Mijn tong is precies een leren lap,' vroeg Arsène.

'Ja, hou het kort, want het bladerdeeg kan niet blijven bakken. De patatten in de oven krijgen al een zwart randje,' voegde Georgette eraan toe.

'*Zijn ze in de rouw, misschien? Is er iemand gestorven?*' Zijn moeder stopte niet met praten.

Manu herpakte zich, keek naar Maria en hief het glas: 'Een gelukkig jaar. Gezondheid. Santé pistolé.'

'*Dat is gesproken, mijn zoon. Alleen, die "gezondheid" is wel een beetje laat voor mij. Peinst ge niet?*'

Iedereen dronk gulzig aan zijn glas.

'Nu kunnen we eten, zie.' De vrouwen zetten zich recht en begonnen ijverig de aardappelen, met een héél bruin korstje, in kommen op tafel te plaatsen. De grote bladerdeegkoek werd volgeschept. Saus met afgekookte stukken kip en bollen gehakt. Wilfried dacht opnieuw aan de borsten van Monique. Bolletjes gerold gelijk havannasigaren op de billen van de plaatselijke schonen. Wilfried draaide met zijn ogen. De schotels werden doorgegeven, de glazen nog eens gevuld.

Manu keek naar zijn naamkaartje voor hem. Hij draaide het om en zag dat dit het bidprentje was van zijn overleden vader.

'*Kijk, kijk, wie we daar hebben. Het beschamende zaad.*' Moeder kwaakte en kwetterde. Levendigheid in zijn kop. Manu gaf het op. Zijn kop zat vol met het kwaken van zijn moeder. Met de rattenkeutels van venijn.

'Ik ga efkens naar buiten. Een frisse neus halen.'

'Ruikt het niet lekker misschien?' vroeg Georgette.

Manu trok zijn schouders op en opende de achterdeur. Hij voelde de kou in zijn lijf kruipen. Koning Winter liep samen met koning Albert over het land. Precies ten oorlog.

Een paar dagen geleden stond Maria, dat kosters-
kind, bij mij voor de deur. Gelijk een kwezel op een
doopprentje.

'Moet ge geen stukje muskusrat hebben?' prevel-
de Maria.

'Moedertje,' flikflooide ze eraan toe. 'Onze Manu
heeft het gisteren gevangen op het domein van de
brouwer. Het beestje kroop uit de sloot. Ge kunt dat
toch geen keutels laten schijten op de gazon.' Onze
Manu *durfde ze zeggen. 't Kalf. Emmanuel was nog*
steeds van mij, bij mijn weten.

Maria wurmde zich naar binnen en installeerde
zich bij de stoof. Ik keek op straat om te kijken of nie-
mand haar had zien binnenglippen. De buren moe-
ten niet denken dat het hier de zoete inval is. Ik zag

een huis verder gordijnen verroeren. Dan weet ge genoeg.

'Het schijnt lekker te zijn.' Maria toonde de kookpot. Had ik haar iets gevraagd? Ik kan zelf wel mijn potjes stoven.

Maria wou haar verhaal vertellen. Dat was duidelijk. Ik rook het. Iemand die een ei wil leggen ruikt naar kiekenstront. Om te kotsen.

'Gij wordt meter,' zei ze.

'Watte?'

Ik kon mijn eigen oren niet geloven. Emmanuel had haar vol gestoken. Een kind geschopt. Haar drachtig gemaakt. De hoer. Maria Magdalena. Hoe kon ze mij dat aandoen? Als begijn verkleed hier binnenglippen, mij een waterkonijn geven en tot doopmeter bombarderen.

'Manu weet het nog niet,' voegde ze eraan toe. 'Hij zal blij zijn.'

Een floeren gordijn schoof voor mijn oogkassen. Ik voelde de toorn van God door mij gutsen. Een scheut vlammende razernij. Dikke schuimvlokken kwamen op mijn lippen.

'Gij hoerenjong, Babylonische dragonder. Mijn Emmanuel zo in de miserie storten. Het zal niet waar zijn.'

Ik greep haar hoofdhaar en sleurde Maria uit de zetel, over de tafel. Ik liet haar alle kanten van mijn woonkamer zien. Ik schopte tegen haar buik toen ze lag te huilen op de grond. Hoerenkind. Ik dweilde met haar de vloer, nam de spinnenkoppen van het plafond en gebruikte haar als stofdoek om mijn posturen af te stoffen. Ik ging met haar naar de kelder om de glazen inmaakbokalen op te blinken, om het zilte vocht van de muur te halen. 'Proef maar eens van het hiernamaals,' tierde ik en ik schepte met haar muil de pekel van de opgelegde snijbonen. Ik sleepte haar naar de zolder en snokte haar okselhaar uit om mijn kopkussen op te vullen. Ik smeet haar van de trap. Opnieuw en opnieuw. Ik opende de voordeur en wilde dat hoerig wrak buitensmijten. Toen stond Emmanuel daar. Gelijk Jezus. Een verschijning.

'Weet ge het al?' foeterde ik. 'Ze draagt de duivel in haar.'

Emmanuel zei niets.

'Emmanuel, dat kunt ge toch niet goedkeuren. Mijn godje.' Ik duwde hem naar die slet. 'Schop haar en stuur haar terug naar de koster. Misschien kunnen ze haar gebruiken bij de arme klaren als meid voor het vuile werk. Hier kan ze toch niet meer binnenkomen.'

Emmanuel heeft Maria toen opgeraapt zoals een voddenpop. Hij is weggegaan. Hij zei geen woord. Hij ging haar in de beerput smijten, dacht ik.

De namiddag kroop traag vooruit. Lang en lekker gegeten, de afwas gedaan, kaarten werden gelegd, een zot verhaal, een kwinkslag, kinderen bij het vuur of onder de tafel spelend met marbollen.

Af en toe buiten een frisse neus halen tegen het uitdrogen.

Manu keek over de koude weiden. Zijn hart kwelde hem. Een dof gevoel. Het deed hem denken aan de pijn die hij kreeg als kind bij oneindig diep verdriet. Eerst kwam er een krop in de keel, daarna een beklemming in de borst, de tranen die opwelden, het snikken. Het kroop doorheen heel zijn lijf. Elke zenuw moest weten dat er iets hem diep had geraakt. Hij rende dan rondjes om dat gevoel af te schudden, smeet met alles wat in zijn buurt stond om het verdriet weg te kunnen keilen.

Manu zijn hart huilde. Tranen met tuiten. Zijn ziel schreide zich leeg, traan na traan. Manu voelde zich leeglopen. Het kon dagen duren, misschien weken, misschien een jaar. Zonder drift, zonder smachten en onverschillig voor de toekomst. Hij zou lijken op een bladerdeeggebakje, hol en vol met lucht, dat zo weg kon waaien.

Manu keek naar de ijzige velden. Niks te zien of te horen. Alleen hijzelf. En fluisterende knotwilgen. Kon hij zichzelf maar wegsmijten. Over de vlakte, in de armen van Maria. Manu klopte in het ijle, sloeg zijn armen om zichzelf, gaf zich een klap op het gezicht, een stomp in de zij. Het luchtte niet op. De slagen kregen de beklemming niet uit zijn borstkast. Het kind binnen in hem huilde. Zachtjes. 'Moeder, pak mij vast. Laat mij in uw rokken versmoren.'

Stilletjes begon het te sneeuwen. Sneeuwvlokken met hoopjes. 'De engeltjes schudden hun kussen los,' vertelde zijn moeder vroeger. 'Het is niet gerieflijk op een hard kopkussen liggen. Ge krijgt er dwaze gedachten van.'

'De vriezeman heeft op Catherine gezeten
    en heeft in Omer zijn pietje gebeten.'
Uit het huis stormden de kinderen naar buiten.

De enthousiaste stormloop liet vertrapte sneeuw achter. Het leek een troep van Attila de Hun.

'Zijn pietje ziet rood, rood, rood.

Hij wenst de vriezeman dood, dood, dood,' zongen ze. 'Om ter eerst bij de rootput.'

Manu hoorde dit en draaide zich verschrikt om. 'Hebt ge uw lesje nog niet geleerd? Gij blijft met uw fikken van dat ijs. Dat is hier te gevaarlijk.'

De kinderen galoppeerden door. Ze kreten door elkaar.

'De vriezeman heeft op Yvonne gezeten.

en heeft in Ri, Ri, Riksken zijn pie, pie, pietje gebeten.'

'Ge moet hier wegblijven.' Manu maaide met zijn armen toen de kinderen hem passeerden. 'Verdwijn. Ik sla de benen onder jullie lijf weg. Dat is hier levensgevaarlijk. Crapuul, luizige hartenvreters, insecten van kust mijn kloten.'

De kinderen peinsden eerst dat het een spelletje was. Ze dansten gelijk vliegen rond een stront. Hun dans stokte toen Manu Gilbert te pakken kreeg, hem een pandoering gaf en op de grond smeet. De kinderen waren de kluts kwijt en keken verschrikt. Gilbert kroop snikkend uit de sneeuw en liep naar de huizen. Iedereen kwam buiten, opgeschrikt door het geschreeuw van Manu. Georgette krijste het uit toen ze Gilbert naar haar zag schuifelen. 'Manu, zijde gij op uw kop gevallen?'

'Nee, maar de kinderen hier wel. Ze moeten niet op het ijs spelen.'

'Manu, wat is dat allemaal?' riep Gentil.

'Het is te gevaarlijk aan die rootput. Begrijpen ze dat nu niet?'

'Manu, ge maakt van een scheet een olifant. En het stinkt nog ferm ook.'

'Als Gilbert verzopen was, zoudt ge niet zo belachelijk staan zeveren.'

De buren keken elkaar aan. Je hoorde hun gedachten ronken. Kronkels over Manu die twee dagen in de vrieskou aan de verdomde rootput stond. Waarom feestte hij niet gewoon mee? Gust keek naar Maria. Hij fronste het voorhoofd en riep: 'Ik heb nog een fles oude jenever. Laat ons het samen afdrinken.'

Manu keek naar Gust, de kinderen rondom hem en naar de rootput. Hij zuchtte. 'Dat moet lukken. Maar hou de kinderen hier weg.'

Hoe een flinke zoon zijn felle moeder de kop afsteekt met een botte spade. De ode aan moeder en kind. Een piëtaatje uit volle Vlaamse kleigrond gekneed.

Het was buiten berekoud. Ik hoorde niks van Emmanuel. Ik had gehoopt dat hij een handje kwam toesteken. Om kolen uit de stal te halen. Om een zak patatten uit de kelder te heffen. Ik moest het allemaal zelf doen nadat zijn teef mij had verteld dat Emmanuel haar een kind had getrapt.

Kleine kinderen, kleine kruisen. Grote kinderen, grote kruisen.

Ik hoopte dat hij druk bezig was om Maria buiten te werken. Ik had het hem gezegd. 'Stuur haar terug naar haar ouders.'

Ik kende Emmanuel. Hij maakte nu de valiezen

voor zijn teef en zette haar bij haar vader af. Hij gaf haar nog een zoen. 'Saluut, tot in het passeren. Stel het wel. Ge moet dat begrijpen, Maria. Mijn moeder en ik, daar komt geen grasspriet tussen.'

Ik wilde Maria in de beerput smijten. Het deksel openen, Maria erin, dekplaat dicht. Het duurt een tijdje voor ze een stinkend lijk daar ontdekken. Ik kon haar ook in mootjes kappen en voederen aan de varkens. Een goed zwijn lust alles. 'Sie ist verschwunden,' zouden de nationaal-socialisten zeggen. Maar Emmanuel deed zoiets niet. Te braaf voor deze wereld. Gelukkig dat ik er altijd was om hem een handje te helpen. De fik in het kasteel van de brouwer. Wiske versmoord. Cocu een zetje gegeven zodat hij onder de kar viel. Over de anderen wil ik het nu niet hebben.

Emmanuel kon een franke muil opzetten en kattenkwaad uitspoken. Iemand op zijn bakkes slaan. Iemand het bloed van onder de nagels treiteren. Maar bloed kon hij niet zien. Een vlieg deed hij geen kwaad.

We gaan ons ma de kop afslaan, tsjoelala, tsjoelala.
We gaan ons ma de kop afslaan, tsjoelalaa.

Zou Emmanuel dat gepeinsd hebben?
Zou hij vanbinnen een liedje gezongen hebben toen hij mij vermoordde? Zo ergens in een hoekje van

zijn hoofd? Een engeltje dat neuriet? Een duiveltje
dat met een trekzak de bastoon aanslaat?

Gisteren stond hij aan mijn deur. 'Kijkt eens hier,
kijkt eens daar. Onze Emmanuel. Hoe stelt ge het?
Een klomp van uw bedrukt hart gevallen?' Ik ratelde
de oren van zijn kop. Hij zweeg en zette zich in de ze-
tel. Ik stookte het houtvuur op.

'Een kom koffie?' Ik haalde zonder het antwoord
af te wachten een kom uit de keuken, schoof de kof-
fiekan naar het midden van de stoof. In een mum van
tijd murmelde het troostpoëzie.

We gaan er soep van koken, tsjoelala, tsjoelala.
We gaan er soep van koken, tsjoelalaa.

Zou hij met die donkere gedachten naar mij gekomen
zijn. Zou hij aan Maria gezegd hebben: 'Ik ben even-
tjes weg. Ik ga de kop van mijn moeder afsteken.' Wat
zou Maria geantwoord hebben: 'Zoudt ge dat wel
doen? Kunt ge dat niet properder oplossen? Vergif of
zo?'

Dat is typisch voor melige vrouwen. Als die een
moord begaan doen ze dat vredevol met een likstok
en een stukje vergif. Proper. Geen spetters wond-
vocht op het tapijt. Wie moet het opkuisen? Flauwe-
kul. Om een probleem op te lossen moet ge niet moei-
lijk doen. Die omslachtigheid allemaal. Ik heb de

dood altijd graag in de ogen gekeken. Zien hoe het le-
ven stilletjes verdwijnt bij een wurging. Kijken hoe
iemand rondloopt gelijk een wild beest in een te klein
kotje om zijn hebben te behouden. Kipkap en het is
opgelost. Ik wachtte niet tot iemand sliep om zijn
vlammetje uit te blazen. Ik sprong niemand in de rug.

We lepelen haar hersens uit, tsjoelala, tsjoelala.
*   We lepelen haar hersens uit, tsjoelalaa.*
*   Maar we gaan d'r niet van eten, tsjoelala, tsjoela-*
la.
*   Maar we gaan d'r niet van eten, tsjoelala.*
*   We gaan d'r wel van proeven, tsjoelala, tsjoelala*
*   We gaan d'r wel van proeven, tsjoelala.*

Toen begon mijn zoontje te reutelen. 'Moeder, dit kan
zo niet verder. Ik zie Maria graag en dat zal zo blij-
ven. Die grofheid van u pak ik niet. Ge zijt erover ge-
gaan.'
*   'D'erover. Ik ben nog maar begonnen ventje. Ik*
ben nog maar begonnen.'
*   'Begonnen waarmee, moeder?'*
*   'Met u in het licht van de wereld te plaatsen, vent-*
je. Gij waart het zonnetje in huis. Wel, nu wordt ge
het verblindend licht. Mijn godje.'
*   Emmanuel en ik babbelden over en weer, gelijk*
grote mensen. Hoewel. Hij bleef zoals een klein kind

zijn gelijk willen krijgen en houden. Hij begon te jengelen. Tot het mij te veel werd en ik hem buiten smeet. 'Gij zijt mijne zoon niet meer. Gij zijt het niet waard dat ik mijn leven voor u heb gegeven. Ik stak het kasteel in brand. Ik vermoordde Wiske. Ik duwde uw vader onder de kar. Voor u.' Het werd trekken en duwen, hangen en wurgen. Ik neep zijn keel dicht en schopte ondertussen tegen zijn schenen. We dansten samen de tango. We stampten de achterdeur open in ons zot geweld en schuifelden naar buiten in de koude vrieslucht. Ik liet hem los toen ik in zijn ogen keek. Hij heeft schone ogen. Ik keek daar graag in. Ik schoof uit, op de grond. Toen pakte hij de spade.

Ik legde mijn kop op de grond om hem uit te dagen. 'Voilà, zie mij hier nu liggen.' Ik riep de heilige Catharina van Alexandrië op. Zo een onthoofde heilige moet toch helpen tegen een losse hoofdzweer. Zijn ogen verdonkerden. Een waas van grauwe drab. Op het moment dat Emmanuel mij de kop afstak voelde ik dezelfde pijn als bij de bevalling.

We worden d'r ziekskes van, tsjoelala, tsjoelala.
    We worden d'r ziekskes van, tsjoelala.
    Maar we zullen d'r niet van doodgaan, tsjoelala. tsjoelala.
    Maar we zullen d'r niet van doodgaan, tsjoelalaaaaaa.

Zullen zij mij binnenkort aanroepen als bescherm-heilige tegen de schele koppijn?

DE VOLGENDE DAG

Alles heeft een einde.
Behalve een worstje.
Dat heeft er twee.

Manu klom verkneukeld uit zijn slaap de ochtend van 2 januari 1934. Hij strekte zijn armen uit naar Maria naast hem. Zijn knokkels kraakten. Zij opende de ogen. De prut in haar ogen barstte in royale stukken uiteen en plakte zich vast aan het kopkussen. Manu gaf Maria een klinkende zoen op het voorhoofd en liet zijn lippen op haar rusten. Hij sloot zijn ogen en dacht dat het goed was. Maria en zijn kind waren veilig. Zijn moeder pierewaaide uit zijn hoofd en zijn leven. Hij hoopte dat al het venijn bij hem was uitgezweet totdat er alleen nog goedheid overbleef in zijn lijf.

Straks ging hij met de Roste naar de dokken, Maria werkte in het naaiatelier, de facteurs deden hun ronde. Iedereen van de root pakte zijn levendigheid op. De kinderen konden nog een paar dagen spelen. Niet aan de rootput. Dat hadden ze hopelijk wel verstaan. Gust zou steels uit het bed van Monique kruipen, naar zijn werkplaats. Hij zou de laatste hand leggen aan haar klompen. Die rode met een hieltje. Voor Monique wakker werd stond het schoeisel onder haar trap. Ze zou bij het zien van de klompen hem een flinke zoen geven en naar de slaapkamer dragen. Het vervolg ging Manu niet bedenken.

De matras kraakte toen hij uit het bed rolde. Hij keek door het venster naar buiten.

Een trein tsjoekte door het landschap om werkvolk naar de stad te brengen. De sneeuw werd gebroken door ravottende kinderen op het weiland. Aan de rootput stond Wilfried en staarde in het ijs. In de verte kwam de veldwachter aangefietst.

Deze ochtend schrok ik wakker.

Kan dat? Wakker schieten als ge dood zijt? U moedig uitrekken van nek tot teennagel? Krabbelen aan uw rug en hopen op schoon weer? Soit. Wij zitten op de aardbol en draaien zotweg mee.

Het ijswater zoog mijn aders leeg. Mijn hoofd lag naast mij. Ik bekeek mijn knokige lijf. Mijn rok was te hoog opgetrokken en ik zag de spataders aan mijn kuiten. Mijn bloes was gekreukeld. Mijn handen klauwden maar grepen nergens naar.

In de verte fietste een veldwachter. Wilfried stond aan de put en keek judasvals.

Kleine Gilbert stampvoette een eindje verder. Dat kleine kieken haalde zijn fluitje uit zijn broek en waterde in mijn rootputwater. Dat ging pijn doen aan mijn ogen. Een fatsoenlijk excuus om te huilen.

Ik dank eenieder, op mijn blote knieën, met mijn handjes gevouwen, prevelend, met deemoedige oogopslag, die dit boek tot een boek heeft helpen maken.

In het bijzonder:

Ingrid Verhelst.

Chris, Sissi en Isidoor.

De stevige stok achter de deur: Tim, Peter, Dennis, Nele en Ingrid.

Erna Staal.

Mijn ouders.

Het Gentse schrijverscollectief van Wisper, Gent.

Tante Vévé en nonkel Albert.

Paula Baetens en An Waterschoot.

De heemkundige kring van Nieuwkerken-Waas.

De jury bij de wedstrijd van uitgeverij Contact, hun positieve commentaar én de meer dan duizend anonieme stemmen.

De bibliotheken van Evergem.

Bij de productie van dit boek is gebruikgemaakt van papier dat het keurmerk Forest Stewardship Council (FSC) draagt. Bij dit papier is het zeker dat de productie niet tot bosvernietiging heeft geleid. Ook is het papier 100% chloor- en zwavelvrij gebleekt.